Thaddäus Troll
Der Entaklemmer

THADDÄUS TROLL

DER ENTAKLEMMER

Luststück in fünf Aufzügen
das ist auf schwäbisch
L'Avare oder Der Geizige
von Molière

Silberburg-Verlag

1. Auflage dieser Ausgabe, 1991.

Umschlag: Jan Peter Tripp (Plakat zur Uraufführung 1976, Staatstheater Stuttgart).
Das Buch erschien zuerst 1976 im Hoffmann und Campe Verlag, Hamburg, mit der ISBN 3-455-07743-9.
Das Aufführungs- und Senderecht ist zu erwerben in Deutschland und Österreich durch: Hunzinger Bühnenverlag GmbH, Kaiser-Friedrich-Promenade 101, 6380 Bad Homburg.
Druck: Freiburger Graphische Betriebe, Freiburg i. Br.
Printed in Germany.

ISBN 3-87407-111-1

Gewidmet
Professor Joachim Schröder,
ohne dessen Pflege
dieses Opusculum
nicht entstanden wäre

Personen

KARL KNAUP, Fabrikant
HEINER, sein Sohn
ELISE, seine Tochter
OTTO SCHLICHTHÄRLE (unter dem Namen
HUGO HURLEBAUS), Privatier
EUGEN, sein Sohn, Verwalter bei Knaup
MARIANNE, seine Tochter
FRIEDRICH ÜBELMESSER, Kommissionär
KARLINE, Heiratsvermittlerin
GOTTLIEB, Hausknecht bei Knaup
RICKELE, Dienstmädchen bei Knaup
EMIL EPPLE, Kommissar

Das Stück spielt
1875 im Haus von Karl Knaup in Stuttgart.

Erster Aufzug

Eugen, Elise

EUGEN: Was isch denn los, Liesele? Henterher bischt uff oimol so lätschig, ond vorher bischt so luschtig gwese. Kheit de's, wia guat mir zwoi's mitenander könnet?

ELISE: Noi, Eiges, was i toa han, kheit me net. I ka me gar net drgege wehre, ond i will's au net. Aber wenn e d'Wohret sage soll: I han oifach Angscht, daß e de meh mog, wia e eigentlich sollt.

EUGEN: Ach, Schatzemockele, vor was hoscht denn Angscht?

ELISE: Vor meim Vatter seinere Wuat. Ond dodrvor, daß du me amol nemme mogscht. Von dr Seligkeit ka mer net lebe, ond d'Liab isch bald vergesse.

EUGEN: Jetzt mach koin Lebtag. Des tuat mr richtig weh. I mog di, solang e leb.

ELISE: Ach, Dabbs, des saget se doch älle.

EUGEN: Wart no ab, du wirscht scho no schpire, wia arg i di mog.

ELISE: Mr secht, wenn d'Liab vor dr Eh z'hoiß brennt, gäb's noch dr Hochzich leicht a Donderwetter.

EUGEN: Aber bei ons donderet's net, ond dr Blitz wird au net grad eischlage.

ELISE: Wenn mer oin so mog wia i di, no glaubt mer ehm älles. Aber i han Angscht vor em Gschwätz von de Leit.

EUGEN: Laß se schwätze, Liesele.

ELISE: Ach, Eiges, se wisset jo net, wia du mi als Mädele aus em Wasser zoge hoscht. Se wisset zwor, daß dr Poschtdampfer ontergange isch, wo mir von dr Mamme en Philadelphia zom Vatter noch Wirtteberg hen ziahe miasse, weil mei Vatter meiner Muatter nix zom Nage ond nix zom Beiße glasse hot ond weil mir Kender sonscht glatt verhongert wäret. Mein Bruader han e wieder gfonde. Aber d'Leit wisset net, daß du mi viele Johr gsuacht hoscht, ond wo mi en Schtuagert schliaßlich gfonde hoscht, hoscht bloß mir gsagt, wer deine Leit sent, ond hoscht au gar nemme noch ehne gsuacht. Du bischt zu meim Vatter en Schtellong gange, zerscht als Ghilf, no als Verwalter, ond des älles mir z'liab. Des wisset d'Leit net, ond drom könntet se net verschtande, daß i so schwach be ond daß e zu nix, was du willscht, noi sage könnt.

EUGEN: Aber se kennet dein Vatter ond sein bärige Geiz. Se wisset, daß sei liaber Gott, von dem er so viel schwätzt, em Kassaschrank hockt. Se wisset, wia p'häb er dei Mamme ghalte hot, daß ehra nix anders ibrigbliebe isch, wia noch Philadelphia zu ihre Verwandte en Schtellong z'gange, bis dia falliert hent. No hot se ihre Kender dem hartherzige Vatter zrickschicke miasse. Des älles wisset d'Leit, ond drom könnet se verschtande, daß du ebber brauchscht, wo sich om de kemmert.

ELISE: Ha jo, so isch's no au wieder, Eiges.

EUGEN: Aber se wisset no wieder net, daß uff em gleiche Poschtdampfer, wo ontergange isch, i ond mei Mamme ond mei Schweschter gfahre sent uff Bsuach zu onserem Dote en Neiabürg. Ond daß mei Mamme ond mei Schweschterle versoffe sent ond mei Vatter gmoint hot, au mi hätt dr Ozean verschlonge. Ond er isch so verzweifelt gwese, daß er sei Hab ond Guat verkauft hot, ond isch von Chicago fortzoge, woiß Gott, wona. Er hot Geld wia Dreck ghet, ond i muaß ehn bloß fende, no schtoht nix meh em Weg, daß mir zwoi heiratet.

ELISE: No suach ehn halt, aber gang mr bloß net fort von do ond tua älles, daß mei Vatter di braucht, wia i di brauch.

EUGEN: Des merkscht doch, goldige Dock, was fir a Miah i mr geb. Wia i mi verschtell, daß er moint, i sei vom gleiche Schlag wia er. Alte Mäus ganget net leicht en d'Fall. Aber i schmier ehm halt Honig oms Maul ond Rotz om de Backe, i flattier ehm, ond wenn er koppe muaß, no sag e, des sei de schenscht Musik. I han glernt, daß mer bei solche Leit wia deim Vatter schtiefelsdick ufftrage muaß. So katholisch rausschwätze isch mr jo gege d'Natur – aber was willscht mache, wenn de's bei so-ma Ma wia bei dem zu ebbes brenge willscht.

ELISE: Ach, Eiges, worom probiersch's eigentlich net, mein Bruader ens Vertraue z'ziage? Vielleicht könnt der ons helfe.

EUGEN: Mit boide zmol ka mer net schirre. Dia sent en dr Art so verschiede wia Ochs ond Roß. Ond weil dr Heiner mei falschs Gschwätz glaubt, ka der me net verbutze. Aber schwätz doch du amol mit ehm ond sag ehm, was los isch. Do kommt er. Brauchscht ehm jo grad net älles uff d'Nos bende.

ELISE: I woiß net, ob e dodrzua d'Courage han.

Eugen ab. Heiner tritt auf.

HEINER: Guat, daß d'alloi bischt, Liesel. I muaß dr ebbes sage, wo sonscht neamerd wisse derf.

ELISE: I paß uff wia a Hächelesmacher, Heiner. Wo brennt's?

HEINER: Do dren. I verzwazzel schiergar vor Liab.

ELISE: Du ond ebber möge, des goht mr gar net ei. Sag, hoscht de scho verlobt?

HEINER: Noi, om a Härle Hoor. Ond du kascht drgege sage, was de willscht – i tua's.

ELISE: Trauscht mr denn so ebbes zua, Heiner?

HEINER: Noi, Liesel, aber du woischt net, was d'Liab isch. I han a bißle Angscht vor deim Aschtand.

ELISE: Ach, gang mr aweg mit em Aschtand. Oimol em Lebe packt's oin, ond no isch dr ganz Aschtand beim Teifel. Wenn du wißtescht, wia's en mir dren aussieht.

HEINER: Wenn's dir no so gange tät wia mir.

ELISE: Dia wisset am beschte, was d'Liab isch, wo's net sage dirfet. Aber schwätzet mer iber di. Wer isch'n des Mädle, wo du mogscht?

HEINER: A resche Dock. 's isch net lang her, daß se ens Bohneviertel zoge isch. A saubere

Denge. Glei, wo e se zom erschte Mol gsehe han, ben e ganz aweg gwese. Se hoißt Marianne ond lebt mit ihrer Muatter zamme, dia kränkelet so vor sich na, ond sia pflegt se. Kascht dr's net denke, wia liab se des tuat. Kascht dr's oifach net vorschtelle.

ELISE: Doch, doch, wenn du so verzählscht, seh e se vor mr wia gmolt. Ond daß du se mogscht, des langt mr, om se au z'möge.

HEINER: Aber dia Gschicht hot en Hake. In han me henterom erkondigt ond erfahre, daß dia boide nix hent wia a rechts Armiatle ond daß se hente ond vorne schpare miasset ond sich net 's Nötigschte leischte könnet. Bei dene kommet d'Mäus mit verheulte Auge d'Behnetrepp ronter. Ond wenn des dr Vatter woiß, ka e mr denke, was er drzua sage tät.

ELISE: Wer aus Liabe heiratet, hot guate Nächt, aber schlechte Täg, tät er sage.

HEINER: Was miaßt des fir a Fraid sei, ema solche Mädle a bißle z'helfe ond a solche Not a bißle z'wende. Aber was soll e mache mit onserem geizige Vatter, wo so reich isch?

ELISE: Sag des net, daß er reich isch. Ema Arme fehlt viel, ema Geizige älles.

HEINER: Mit dem sent mer gschtroft. Wenn er nix mitnemmt, no moint er, er häb ebbes liege lasse.

Elise: Worom hoißt mer ehn eigentlich iberall de Entaklemmer?

Heiner: Weil d'Enta ihre Oier net ordentlich en Neschter leget wia d'Henna, sondern akkurat do, wo se grad sent. Drom klemmet geizige Baura ihre Enta, bevor se se aus em Schtall lasset, ens Fiedle. Ond wenn se merket, daß se a Oi traget, lasset se se net aus em Schtall, daß 's Oi net verloregoht.

Elise: A so!

Heiner: Ond dr Vatter isch halt so a Entaklemmer. Er gibt ons net amol a Taschageld. Ond was nitzt ons sei Sach, wenn mer's erscht kriaget, wenn mer amol nix meh drvo hent? Om a bißle lebe z'könne, muaß i iberall vertlehne, ond daß i net drherkomm wia a Altschtadtschlamper, muaß e Geld pompe. Aber do ka mer nix mache. I han au iber ebbes ganz anders mit dr schwätze welle. Hilf mr doch rausz'kriage, was dr Vatter driber denkt, daß i a arms Mädle mog.

Elise: Do brauch e gar nix rauskriage, des kann e dr glei sage. Er sächt: Laß d'Fenger von era scheene Schissel, wenn nix dren isch.

Heiner: Wenn's so isch, no gang e oifach durch. Aber dodrzua brauch e au wieder Geld. 's isch jo kurios, i mog d'Mädla, ond du mogscht d'Buaba, ond wenn dir's so goht wia mir ond onser Vatter net will, no lasset mer ehn halt hocke ond probieret selbviert onser Glick.

ELISE: jo, jeden Tag gibt er ons meh Grond zom Flenne, weil onser Mamme gschtorbe isch.

HEINER: Do kommt er. Komm, mer ganget, no könnet mer loschore. Vielleicht kriaget mer'n doch no rom.

Heiner und Elise in den Hintergrund. Knaup und Gottlieb treten auf.

KNAUP: Mach, daß de zom Teifel scherscht, Saukerle, elender!

GOTTLIEB: Worom jaget Sia mi denn fort?

KNAUP: Des frogscht no, du agschlaner Siach! Naus, oder i nehm a Prigele ond hau dr a Dell en Schädel, daß 's Regewasser dren schtande bleibt.

GOTTLIEB: Was han i denn bosget?

KNAUP: Grad gnuag zom Nausschmeiße.

GOTTLIEB: Herr Knaup, Ihr Soh hot me ghoiße, do uff ehn z'warte.

KNAUP: Wart uff dr Schtroß dronte ond net en meim Haus dren ond schtand net rom wia bschtellt ond net abgholt. I woiß doch, daß du dei Nos en älles schteckscht. I ka neamerd om me rom leide, wo emmer schpioniert, wo ällem ufflauert, was e tua, ond wo iberall romschniffelt, ob's ebbes zom Schtehle gibt. Do ben e hoikel!

GOTTLIEB: Eher läßt sich doch dr Teifel en Schwanz beiße, äls ma Ehne ebbes schtehle ka. Sia schliaßet doch jeden Brotkante ei.

KNAUP: I ka eischliaße, was e will, verschtande? I ka mr guat denke, daß du oiner von dene bischt, wo iberall romschwätzet, daß i Geld em Haus verschteckt hätt.

GOTTLIEB: Sia hent Geld verschteckt?

KNAUP: Noi, du Erdafetz, du liadricher, des han e net gsagt. I könnt vor Wuat uff dr Sau naus.

GOTTLIEB: Des isch doch mir egal, ob Sia Geld hent oder net. Fir onserois kommt doch nix drbei raus.

KNAUP: Jetzt hältscht aber dei Gosch, sonscht schlag e dr oine uff de Riaßel nuff, daß dr d'Zäh em Galopp de Hals naklapperet.

GOTTLIEB: I gang jo scho. I will Ehne net d'Zeit schtehle.

KNAUP: Was hoscht gsagt, schtehle? Wer ema Fabrikante d'Zeit schtiehlt, schtiehlt ehm au 's Geld. Wart, bleib schtande. Hoscht au nix mitgnomme?

GOTTLIEB: Wia wenn mer bei so-ma Brosamapicker ebbes mitnehme könnt.

KNAUP: Komm her, i will's exakt sehe. Zeig deine Händ!

Gottlieb: Do.

Knaup: De ander!

Gottlieb: Welle andere?

Knaup: Dia do!

Gottlieb: Send Se jetzt zfriede?

Knaup: *Zeigt auf Gottliebs Kniehose.* Hoscht ebbes en dr Hos?

Gottlieb: Schtecket Se doch Ihr Nos nei, ob e ebbes neigmacht han.

Knaup: *Betastet die Hose.* Solche Hosa ghöret verbotte. Do läßt sich jo en Elefant dren verschtecke. Jeden, wo so a Hos hot, sott mer köpfe.

Gottlieb: Der Kerle tät's verdeane, daß mer ehm grad zom Posse ebbes schtibitzt. Dem ebbes wegz'nehme, des wär de greescht Gaude.

Knaup: Ha?

Gottlieb: Was ha?

Knaup: Du hoscht ebbes von Schtibitze gsagt.

Gottlieb: Jo, Se sollet sich ruhig iberzeuge, daß e nix schtibitzt han.

Knaup: Halt dei Gosch! Des tua e von selber.

Knaup durchsucht Gottliebs Taschen.

Gottlieb: Dr Teifel soll de Geiz ond älle Geizhäls hole.

KNAUP: Ha?

GOTTLIEB: Daß se dr Teifel hole soll.

KNAUP: Wen?

GOTTLIEB: Älle Knicker ond Knauser ond Furzklemmer.

KNAUP: Ond wen moinscht drmit?

GOTTLIEB: Älle, wo so p'häb sent, daß se en Furz verhebet, bis zwoi draus werdet. *Zeigt auf seine Hosentasche.* Aber en dia Tasch hent Se no net neiglangt.

KNAUP: Gib's her, no brauch e gar net neilange.

GOTTLIEB: Was?

KNAUP: Was mr gschtohle hoscht.

GOTTLIEB: I han nix gschtohle.

KNAUP: So, ond jetzt zeig e dr, wo dr Bartel de Moscht holt. Nix wia naus, du Erdalomp.

GOTTLIEB: De greeschte Lompa sent oft de ehrlichschte Leit. Soll des jetzt hoiße, daß e wieder amol entlasse ben?

KNAUP: Was sonscht?

GOTTLIEB: Oh, no kann e Ehne endlich amol sage, was e scho lang sage möcht. Wisset Se, was Sia mi könnet? Sia könnet mi kreizweis ond iberzwerch am Arsch lecke.

KNAUP: So, jetzet willscht de wieder bei mr eischmeichle? Do isch aber fei nix z'mache.

Gottlieb ab.

Knaup: Hurablitz! Der Kerle goht mr scho lang uff d'Nerve. Ond 's isch gar net so oifach, wenn mer uff oimol en greeßere Poschte Geld zrickkriagt. Was drmit mache? Au no beim Bankhaus Dörtebach alege? Der hot doch scho mei ganz Vermeege. Wenn bei dem amol ebbes passiert, no isch älles uff oimol he. Soll e Aktia kaufe? No goht mr's wia em Hurlebaus. Der hot em letzschte Johr Wirttebergische Vereinsbank zu hondertfuffzig kauft, ond jetzt sent se no ganze hondertonddreiedreißig wert. Wenn mir so a Bschiß passiert wär, tät e me glatt uffhänge. En Kassaschrank schliaße? Aber des nitzt au nix meh. Heitzetag nehmet dia Schpitzbuabe jo de ganze Kassaschrank mit. Oh, de arme Leit wisset gar net, was de reiche fir Sorge hent!

Elise und Heiner kommen aus dem Hintergrund.

Knaup: Vielleicht isch's doch falsch gwese, dia zeahtausend Taler, wo i geschtern wieder kriagt han, em Garte z'vergrabe. Zeahtausend Taler en Gold, des isch scho a Haufe Geld. *Er bemerkt Elise und Heiner.* Jessesle, jetzt han e me selber verrote. I glaub, daß i en meiner Uffregong laut mit mr selber gschwätzt han. *Zu Heiner und Elise* Was isch denn los?

HEINER: Nix, Vatter.

KNAUP: Sent ihr scho länger do?

ELISE: Mir sent grad en d'Schtub komme.

KNAUP: Hent ihr ghört...

HEINER: Was, Babbe?

KNAUP: Was e grad gsagt han?

HEINER: Noi.

KNAUP: I sieh eich doch an dr Noseschpitz a, daß ihr ebbes ghört hent. I han nämlich grad laut denkt, wia schwer's heitzetag isch, zom-a Geld z'komme. Mit em Schaffe alloi isch net gnuag verdeant.

HEINER: Jo, sonscht wär jo dr Esel reicher wia dr Müller.

KNAUP: Ond daß der froh sei könnt, wo zeahtausend Taler em Haus hätt.

ELISE: Mir wellet eigentlich iber ebbes anders schwätze.

KNAUP: Wenn i zeahtausend Taler hätt, no tät e nia meh iber dia schlechte Zeita klage.

HEINER: Du brauchscht doch au wirklich net z'jammere. Mer woiß doch, daß du Sach gnuag hoscht.

KNAUP: Was willscht dodrmit sage? I ond Sach gnuag? I han no nia Sach gnuag ghet!

ELISE: Reg de doch net uff, Babbe.

KNAUP: A barmherziger Vatter ziaht lausige Kender!

HEINER: Isch denn des lausig, wenn mer sächt, du hättscht Sach gnuag?

KNAUP: Jo, so a Lettagschwätz! Mer hot nia Sach gnuag. Ond des, was ihr nausschmeißet – do moinet d'Leit jo, bei mir kälberet dr Holzbock uff dr Behne. Ond wenn mir no am-a scheene Tag oiner d'Gurgel abschneidet, weil er moint, i hätt Geld wia Dreck, no sent ihr dra schuld. Älles wege eirer Aushäusigkeit.

HEINER: Ha, sag amol, was verhaus i denn scho?

KNAUP: Guck doch bloß amol en Schpiegel nei. Geschtern han e mit deinere Schweschter gschempft, weil se mitte em Sommer a Paar neie Hendschich beim Waldbauer kauft hot. Aber du, wia kommscht denn du drher? Wia dr Graf Göckele. Halbschtiefela, Gamäschla, Reerleshosa, em Wenter en Böller ond a pelzgfitterte Polackajack, em Sommer a Panamahiatle, Weschta mit Silberknöpf, a Uhraketta aus purem Gold, wo mer en Ochse dranabende könnt. Ond was schmierscht fir a Vermeege von Pomade en d'Hoor ond en de Bart? Mer könnt grad moine, du seischt so a liadricher Franzos. Om des Geld, wo du fir deine Kloider ausgibscht, hoscht du me sicher bschisse.

HEINER: Di z'bscheiße, des will glernt sei wia 's

Psalmasenge en dr Höll. Ond's ka halt net jeder en so-ma alte Glomp romlaufe wia du. Mer braucht au amol ebbes Neis.

KNAUP: Bei ons en Wirtteberg braucht mer nix Neis. Ma hot am Alte gnuag. Ond woher nemmscht no 's Geld fir dein Uffzug?

HEINER: I schpiel halt a bißle em Offizierskasino von de Olga-Dragoner. Em Schpiele han e Glick, ond von dem, was e gwenn, do kauf e mr ebbes drfir.

KNAUP: So a Rendvieh han i zom Soh. Wenn scho ebbes gwennscht, no sottesch's fir guate Zensa alege, daß schpäter a bißle ebbes hoscht. Wenn e bloß des Kapital berechen, wo du am Ranze trägscht, no komm e glatt uff hondert Taler, ond hondert Taler brenget bei achtahalb Prozent femfazwanzig Mark em Johr. Ond wenn mer drzuarechent, was bei dir em Kaschte hängt, des macht em Tag jo glatt...

HEINER: Scho recht, scho recht.

KNAUP: Jo, 's hot jo älles koin Wert. Schwätzet mer von ebbes anderem. *Er bemerkt, wie Heiner und Elise sich zublinzeln.* Dia blenzlet enander a, wia wenn se mr scheint's 's Portmannee schtehle wellet. Was soll dia Blenzelei?

ELISE: Wer von uns zwoi zerscht schwätze soll.

Mir hent dir nämlich boide ebbes z'sage.

KNAUP: I han au ebbes Wichtigs fir eich.

HEINER: Mir möchtet mit dir iber's Heirate schwätze.

KNAUP: 's gleiche han e au welle.

ELISE: Ach, Babbe.

KNAUP: Mach koi Kugelfuhr, du bischt schliaßlich em-a Alter, wo mer iber so ebbes schwätze ka.

HEINER: Fir ons isch 's Heirate a Sakrament ond fir di a Sakramentsgschicht.

KNAUP: No net hudle, des laß mei Sach sei. I woiß, was ihr brauchet, ond ihr hent koin Grond, iber des z'jammere, was i will. *Zu Heiner* Also,fanget mer mit dir a, Bua. Kennscht du a jongs Mädle namens Marianne, wo ganz en onserer Nähe em Bohneviertel wohnt?

HEINER: Jo, de sell kenn e scho.

KNAUP: Ond du?

ELISE: I han von ehra gehört.

KNAUP: Ond wia gfallt dir des Mädle?

HEINER: Dia ka mer lasse.

KNAUP: Ihr Gsicht?

HEINER: Wia gmolt.

KNAUP: Moinscht net, mer sott so a Menschle druff agucke, ob mer se heirate könnt?

HEINER: Net oft gnuag!

KNAUP: Ob se a guate Partie wär?

HEINER: Was du so onter Partie verschtohscht.

KNAUP: Sicher isch se a penible Hausfrau.

HEINER: Jo, se goht en d'Frauearbeitsschual.

KNAUP: Mit dera wär koiner bschisse.

HEINER: Net grad.

KNAUP: Aber oin Hake hot dia Sach. Se brengt scheint's net viel mit.

HEINER: Drfir isch se a saubers Menschle.

KNAUP: Wiascht werdet se älle, aber Sach bleibt Sach. Aber wenn se au net viel hot, no könnt mer halt probiere, des, was ehra fehlt, gege des, was se hot, uffz'rechne. D'Weibsleit ond a Scheiterbeig muaß mer halt von älle Seite agucke.

HEINER: Jo, ond 's Schpare lernt mer bei de Reiche ond 's Koche bei de Arme. Wenn mer des rechent, käm a ganz scheener Poschte raus.

KNAUP: So isch's no au wieder. Des frait me, daß mir oimol oinig sent ond daß du mr koi Widerred gibscht. Also, kurz ond guat, i ben druff ond dra, se z'heirate. Wenn se bloß a bißle a Vermeege hot.

HEINER: Was sächscht?

KNAUP: Schperr halt d'Löffel uff!

HEINER: Du willscht...

KNAUP: Sell Marianne heirate.

HEINER: Wer? Du?

Knaup: Jo, i. Wer denn sonscht? Was soll dia domm Frogerei?

Heiner: Mir schwemmt älles vor de Auge. I glaub, i muaß amol uff de Abtritt.

Knaup: Gang en d'Kiche ond trenk a Glas kalts Wasser. Des isch de bescht Arznei.

Heiner ab.

Knaup: Do sieht mer's wieder amol, dia jonge Kerle send Bähmulla ond hent koi Kraft ond koin Saft. Des wär's also, Elis, was i mir so ausdenkt han. Ond fir dein Bruader, do han e a Witwe gfonde, dia hot a paar Geldsäck em Kaschte. Ond du, du nemmscht de Herr Hurlebaus.

Elise: De Herr Hurlebaus?

Knaup: Jo, des isch a gschtandener Ma. Er isch net viel iber de fuffzig, ond älle wisset, daß er vor Geld schtenkt.

Elise: Mit Verlaub, liaber Babbe, i will net heirate.

Knaup: Mit Verlaub, liabs Liesele, i will, daß du heiratescht.

Elise: I han de greeschte Reschpekt vor em Herr Hurlebaus ond wia er so amerikanisch rausschwätzt, aber so en Däbbeler will i net.

Knaup: I han de greeschte Reschpekt vor deim

Wille, aber mit Verlaub, du verlobscht de no heit obend mit ehm.

ELISE: I denk net dra.

KNAUP: Aber du tuascht's, ond do beißt koi Maus koin Fade ab.

ELISE: Noi, sag e.

KNAUP: Doch, sag e. I setz dr de Kopf scho no zrecht.

ELISE: Was soll e andere Köpf folge, wenn e en oigene han? Liaber tot als so en ausgsupfte Witwer.

KNAUP: Des tät dir so passe: en Sarg neischtrakke ond nix schaffe. Schwätzt so a Tochter mit ihrem Vatter?

ELISE: Verkauft a Vatter so sei Tochter?

KNAUP: Gege dia Partie ka neamerd nix sage. Aber mer wellet net schtreite, do kommt dr Herr Eiges. Soll's doch der entscheide.

ELISE: Eiverschtande.

KNAUP: Ond dem willscht de füge?

ELISE: Jo, i tua, was der sächt.

KNAUP: Abgmacht.

Eugen tritt auf.

KNAUP: Kommet Se amol her, Herr Eiges. Sia sollet entscheide, wer recht hot, i oder mei Tochter.

EUGEN: Natirlich hent Sia recht.

KNAUP: Woischt denn, om wa sich's dreht?

EUGEN: Noi, aber Sia könnet gar nia orecht han. Wenn mer 's guate alte Recht en Schtoi schlage tät, no miaßtet Sia gradwegs Modell schtande.

KNAUP: I will se heit obend mit oim verlobe, wo schiergar so viel em Kopf wia em Beitel hot. Ond dia Lompadock sächt mr doch frech ens Gsicht, daß se net will. Was saget Se jetzt dozua?

EUGEN: Ha, was soll mer do au sage? Am beschte sächt mer gar nix.

KNAUP: Ja was – schwätzet Se doch!

EUGEN: Em Grond gnomme ben e schlechterdengs ganz Ihrer Moinong. Sia hent wia emmer recht, aber so orecht hot sia au wieder net.

KNAUP: Was? Dr Herr Hurlebaus isch a eiträgliche Partie. Er schtellt ebbes vor, isch rechtschaffe, en de beschte Johr und kennt d'Welt. Außerdem sent sei Frau ond seine Kender tot. Könnt mer sich ebbes Bessers wensche?

EUGEN: Gwiß hent Se recht. Aber mer könnt jo drgege eiwende, daß's a bißle tapfer goht ond daß mer abwarte sollt, was Ihr Liesele drzua sächt.

KNAUP: D'Glegeheit muaß mer beim Schopf

packe, hente hot se koine Hoor. Ond drzuana will er koi Mitgift.

EUGEN: Koi Mitgift?

KNAUP: Jo!

EUGEN: No sag e gar nix meh. Des isch schlechterdengs ’s Wichtigschte. Dodrgege läßt sich nix eiwende.

KNAUP: Rechnet Se sich bloß aus, was e drbei verschpar.

EUGEN: Sell scho, do läßt sich gar nix drgege sage. Aber Ihr Töchterle könnt jo domit komme, daß ’s Heirate koi Honigschlecke isch, daß mer vor dr Hochzich Mulle ond noch dr Hochzich Katz zuenander sächt ond daß so ebbes a Lebe lang dauert, wenn dr Herr Hurlebaus au nemme dr Jengscht isch.

KNAUP: Ohne Mitgift!

EUGEN: Ja, des isch bei ällem ’s Wichtigschte. Aber Ihr Liesele könnt jo sage, daß mer sein Ma au möge miaßt.

KNAUP: Dia hot bloß de ledige Owill. I han no koi Mädle gsehe, wo an Ma net mog, wenn er Batza hot.

EUGEN: Aber er isch doch viel älter, ond er schwätzt so arg gschtelzt raus, ond er schlurgt scho so drher.

KNAUP: Ohne Mitgift!

EUGEN: Jo, so könnt mer scho sage. Aber ’s gibt

au Vätter, wo moinet, ihre Töchter miaßtet zfriede werde. A Heirat isch schliaßlich koi Kappatausch.

KNAUP: Ohne Mitgift!

EUGEN: Recht hent Se, des räumt älles aus em Weg.

KNAUP: Ohne Mitgift!

EUGEN: Ebbes Bessers gibt's fir Ihr Elis net.

KNAUP: I glaub, do bellt ebber. 's wird doch koi Hond sei. *Leise* Vielleicht grubelt oiner noch meiner Schatull. *Zu Eugen* Bleibet Se do, i komm glei wieder.

Knaup ab in den Garten.

ELISE: I könnt grad an de Wänd nuff! Was fallt dr denn ei, Eiges, so mit dem z'schwätze?

EUGEN: Des tua e doch bloß, om ehn net z'verzirne. Bei so oim nitzt Widerschpruch gar nix. Der isch so schtärrich wia an alter Esel. Wenn mer dem d'Wohret sächt, no schnappt er no niber. Den kriagscht bloß henterschefirsche dono, wo ehn han willscht.

ELISE: Aber was mach e denn gege dia Verlobong, Eigesle?

EUGEN: Dia werdet mer scho no hentertreibe, Liesele.

ELISE: Aber wia? Ond des bis heit obend?

EUGEN: Mer muaß se halt verschiabe. Du sächscht oifach, du seischt krank.

ELISE: No holt er en Dokter, ond der merkt glei, was los isch.

EUGEN: Schwätz koin Babb. Bischt du scho amol an en Dokter grote, wo woiß, was oim fehlt? Dem kascht vormache, was de willscht, so a Saichgucker sächt dr bloß, wo de agschteckt hoscht, daß zviel gesse hoscht, daß verkältet bischt. A Doktor, der woiß doch nix wia en rechte Schofscheiß.

Knaup kommt zurück.

KNAUP: *Leise* Gott Lob ond Dank, neamerd isch an meim Verschteck gwese.

EUGEN: Gell, wenn älle Schtrick reißet, no ganget mer oifach durch. *Sieht Knaup.* Also nomol, a Tochter muaß ihrem Vatter oifach folge, wenn au der Ma, wo se heirate soll, an alter Kracher isch. Aber wenn se des Wort „Ohne Mitgift" hört, no hot se z'nehme, was ehra gebe wird.

KNAUP: Der schwätzt scho saumäßig verschtändig raus.

EUGEN: Send Se mr bloß net bees, Herr Knaup, wenn mr bei Ihrem Liesele dr Gaul durchgoht ond wenn e oifach so schwätz, wia e denk.

KNAUP: Worom bees sei? Sia hent ganz recht, ond i ibertrag Ehne älle Gwalt, wo mr dr Herrgott als Vatter iber se gebe hot. *Zu Elise* Ond du sollscht ehm en ällem folge, was er au will.

EUGEN: *Zu Elise* So, jetzt hoißt's nix wia pariert.

Elise ab.

EUGEN: I lauf ehra noch, Herr Knaup, ond will ehra no a bißle ens Gwisse rede.

KNAUP: Jo, teant Se des, dodrfir wär e Ehne dankbar.

EUGEN: Bei dera Donderskrott derf mer d'Zigel net locker lasse.

KNAUP: Jo, teant Se no Ihr Möglichschts. I gang jetzt a bißle ens Gschäft ond ben bald wieder do.

EUGEN: *Spricht zu Elise, während er auf die Tür zugeht, durch die sie verschwunden ist.* Gell, Mädle, ois muascht dr merke: 's gibt nix Wichtigers uff dr Welt wia Geld, ond du solltescht onserm Herrgott tagtäglich uff de Knia danke, daß er dir so en guate Vatter gebe hot. Der kennt sich aus em Lebe, ond wenn oiner so drhergloffe kommt ond möcht a Mädle ohne Mitgift heirate, no hot doch älles andere koin Wert. Wenn oiner „Ohne Mitgift" sächt, der braucht net jong sei, der braucht nix gleichsehe, des ka a Heckebeerlesschlamper sei, a Tagdiab ond a Lomp. Dia zwoi Wörter „Ohne Mitgift" sent 's reinschte Evangelium.

KNAUP: Der guate Kerle, der schwätzt wia a Buach. Wer so en Verwalter hot, der isch net bschisse.

Zweiter Aufzug

Heiner, Gottlieb

HEINER: Gottliab, du Tranfonzel, wo hoscht denn de ganz Zeit gschteckt? Han e dr net gsagt...

GOTTLIEB: Ha scho, i han do uff Se gwartet, Herr Heiner, aber Ihr Vatter, der Klob, hot me nausgschmisse ond schiergar verprigelt.

HEINER: Ha, des woischt doch, daß er des net so moint. En Hausknecht, wo fir zeah Taler em Monat schafft, kriagt der doch nia meh.

GOTTLIEB: Jo, wenn Sia mir net emmer so a ordentlichs Trenkgeld gäbtet.

HEINER: A wa! Aber wia schtoht's mit onserer Sach? 's pressiert. I han nämlich rauskriagt, daß mei Vatter henterm gleiche Mädle her isch wia i.

Gottlieb: Der ond a Mädle! So oiner soll doch froh sei, wenn er no bronze ka.

Heiner: Aber jetzt schwätz doch: Bischt zu Geld komme?

Gottlieb: Ach, Herr Heiner, eher brengt mer aus em Teifel a Hosianna raus wia aus ema Schtuagerter a Geld. Dr Herr Übelmesser lauft sich wege Ehne d'Fiaß aus em Leib.

Heiner: Ond kriag e dia zeahtausend Gulda?

Gottlieb: Jo, mit a paar kloine Konditiona.

Heiner: Hoscht mit dem, wo des Geld vertlehnt, selber gschwätzt?

Gottlieb: Des isch älles net so oifach. Der Ma, wo des Geld hergebe will, möcht net bekannt werde, weil ehm sonscht d'Leit d'Tür eilaufet. I han net rauskriagt, wia er hoißt. Aber heit obend will er Sia em „Herzog Carl" treffe, ond Sia sollet ehm Bscheid gebe iber Ihr Vermeege ond iber Ihr Familie.

Heiner: Wenn er woiß, daß i Knaup hoiß ond amol 's Recht uff mein Pflichtteil han, no ka eigentlich gar nix passiere.

Gottlieb: Jetzt horchet Se, was er onserm Kommissionär diktiert hot. Des miasset Se wisse, bevor Se mit ehm schwätzet. Also, do schtoht: „Vorausgesetzt, daß der Gläubiger genügend Sicherheiten findet, der Schuldner volljährig ist und aus einer Familie stammt, deren Besitz ausreichend und unbelastet ist, soll von einem besonders zuverlässigen Notar ein ausführlicher Vertrag zur Aufsetzung kommen."

HEINER: Dodrgege läßt sich nix sage.

GOTTLIEB: Aber 's goht weiter: „Um sich vor dem Herrgott nicht zu versündigen, wird der Gläubiger für das Geld nur fünf Prozent Zinsen nehmen."

HEINER: Femf Prozent? Des isch aber reell. Au dodrgege wär nix z'sage.

GOTTLIEB: 's isch no net älles: „Da jedoch der Gläubiger die fragliche Summe nicht selbst in Besitz hat und, um dem Schuldner gefällig zu sein, das Geld selbst zu zwanzig Prozent von einem andern borgen muß, wird die Vereinbarung erstellt, daß besagter erster Schuldner auch jene Zinsen bezahlt, denn besagter Gläubiger versteht sich nur aus christlicher Nächstenliebe zu diesem Darlehen."

HEINER: Heiligs Kanonarohr, was fir a Halsabschneider schteckt denn henter dem Bschiß! Des send jo femfazwanzig Prozent!

GOTTLIEB: Sell scho, des han e au gsagt. Sia miasset sich des scho iberlege.

HEINER: Was hoißt do iberlege? I brauch Geld, 's bleibt mr nix anders ibrig, i muaß oifach druff eigange.

GOTTLIEB: Des han e au gsagt.

HEINER: Sonscht no ebbes?

GOTTLIEB: Bloß no a Muckaseckele. „Von den verlangten zehntausend Gulden kann der Geldgeber nur siebentausendfünfhundert in bar ausbezahlen. Für die restlichen zweitausendfünfhundert Gulden übernimmt der Schuldner die in beiliegender Liste aufgeführten Kleider, Möbel, Antiquitäten und Erstdrucke, für die der Geldgeber möglichst niedrige Preise in Ansatz gebracht hat."

HEINER: Was soll des hoiße?

GOTTLIEB: Do isch a klois Regischterle. „Erstens: eine Tannenholzbettlade mit zwei Haipfel, zwei Paradekissen und zwei Ziechen, in der Herzog Karl Eugen mit der Gräfin Franziska von Hohenheim zu ruhen geruhte. Dazu zwei Rohrsessel, echt antik, von selbigen Herrschaften ebenfalls besetzt und daher wackelig."

HEINER: Was soll e mit dem Kruscht?

GOTTLIEB: Wartet Se no ab. „Zweitens: eine Schwarzwälder Kuckucksuhr ohne Perpendikel und mit halbstummem Kuckuck, der nur ‚Kuck' zu rufen vermag, was dem Prachtstück hohen Sammlerwert verleiht."

HEINER: Zom Kuckuck mit dem Kuckuck oder zom Viechsdokter?

Gottlieb: 's isch no net aus. „Drittens: eine Erstausgabe des ‚Stuttgarter Hutzelmännlein' vom soeben verstorbenen Dichter Eduard Mörike mit zahllosen Fettflecken von seiten des Testamentsvollstreckers. Einband und Seiten eins bis sechzehn fehlen."

Heiner: I ka mit dem moderne Glomp sowieso nix afange.

Gottlieb: 's isch no net älles. „Viertens: eine Gutacher Tracht mit Bollenhut, wobei drei Bollen fehlen, Mieder, Blüsle mit schadhaftem Preisle, Rock und Schurz sind leicht von Motten beschädigt. Fünftens: ein Schiedmayer-Tafelklavier mit einigen gerissenen Saiten. Sechstens: ein Bernhardinerfell, als Bettvorleger verwendbar. Siebtens und achtens: verschiedene Rollos und Jalousien nebst neuntens: einem Gartenzwerg mit abgebrochener Zipfelmütze, und zehntens: eine Schreibtischplatte, für den Leib König Friedrichs ausgehöhlt, mit zahllosen Tintenflecken, an dem Seine Königliche Hoheit den Vertrag mit Kaiser Napoleon unterschrieben haben. Alle oben angeführten Gegenstände stellen einen Wert von mehr als fünftausend Gulden dar, werden aber vom Gläubiger mit christlichem Entgegenkommen nur mit zweitausendfünfhundert Gulden in Rechnung gestellt."

Heiner: Dr Teifel soll den Halsabschneider mitsamt seim chrischtliche Entgegekomme hole. Des isch jo meh wia Wucher. Der könnt sich doch mit dene saumäßige Zensa zfriede gebe. Was muaß er mr no fir zwoiahalbtausend Gulda Kruscht uffhenke, wo er en irgend ema Kramlade nochgschmisse kriagt hot. Fir des Glomp kriag e koine zwoihondertfuffzig Mark. Aber i muaß en den saure Äpfel beiße, weil mr 's Messer an dr Gurgel sitzt.

Gottlieb: I will jo nix gsagt han, Herr Heiner, aber Sia sent uff em gleiche Weg wia dr selig Schlotterbeck, wo falliert ond sich uffghenkt hot. Der hot's gradso gmacht: Geld gliehe, teuer eikauft ond billig verkauft ond sei oiges Gerschtle gfresse, solang's no grea gwese isch.

Heiner: Jo, was soll e denn mache mit so-ma Vatter, wo bloß zwoi Händ hot, oine zom Nehme ond oine zom Bhalte, dia zom Gebe fehlt ehm.

Gottlieb: I be mei Lebtag a rechter Ma gwese, wo neamerd nix weggnomme hot. Aber dr Geiz von Ihrem Vatter retzt me so, dem könnt e ebbes schtehle, ohne daß mr 's Gwisse schlägt.

Heiner: Jojo, a Geizhals ond a fette Sau sent erscht noch em Tod zu ebbes nitz.

Während Heiner und Gottlieb in den Hintergrund gehen, tritt Knaup mit Übelmesser auf.

ÜBELMESSER: Jo, 's handelt sich do om en jonge Herre, wo Geld braucht. Er isch bees dra, ond er isch drom mit ällem eiverschtande, was Sia wellet.

KNAUP: Glaubet Se net, Herr Übelmesser, daß do trotzdem a Risiko drbei isch? Wisset Se, wia er hoißt ond ob seine Leit ebbes hent?

ÜBELMESSER: Noi, do ka e au nix Gnaus sage. Aber des erfahret Se jo älles von ehm selber em „Herzog Carl". Sei Knecht hot mr fescht zuagsagt, daß Sia zfriede wäret, sobald Se ehn kenneglernt hättet. I ka bloß sage, daß seine Leit Sach grad gnuag hent, daß er koi Muatter meh hot und daß sei Vatter, wenn Se wellet, de längscht Zeit glebt hot.

KNAUP: Des läßt sich höre. Onser Herrgott en seinere Gnad wird den Vatter scho bald erlöse, ond drom erwartet er von oim en so-ma Fall, daß mer hilft, wia mer ka.

ÜBELMESSER: Des hoiß i chrischtlich denkt!

GOTTLIEB: *Erkennt Herrn Übelmesser. Leise zu Heiner* Jetzt ka e aber gar nemme. Des isch doch dr Herr Übelmesser mit Ihrem Vatter!

HEINER: *Leise zu Gottlieb* Woiß er, wer i be? Hoscht em ebbes verrote?

Übelmesser: *Zu Gottlieb* Ihr hent's aber arg pressant. Wer hot eich denn gsagt, daß er do wohnt? *Zu Knaup* I han nix verrote, net, wo Sia wohnet, ond net, wia Sia hoißet, Herr Knaup, aber 's isch jo ghopft wia gschpronge. Dia Leit wisset, was sich ghört, ond Sia könnet glei iber älles mit ehne schwätze.

Knaup: Ha?

Übelmesser: *Zeigt auf Heiner.* Seller Herr möcht gern dia zeahtausend Gulda vertlehne.

Knaup: Was, du Donderskrippel, uff so a liadrichs Gschäft läscht du de ei?

Heiner: Was, Vatter, so a liadrichs Gschäft machscht du?

Knaup: Des isch koi liadrichs Gschäft, des wär a guats Gschäft fir mi gwese.

Übelmesser ab. Gottlieb versteckt sich im Hintergrund.

Knaup: Mit solche Wucherzensa willscht du de ruiniere?

Heiner: Mit solche Wucherzensa willscht du de bereichere?

Knaup: Du hoscht d'Courage, mir onter d'Auga z'trete?

Heiner: Du hoscht d'Courage, de Leit onter d'Auga z'komme?

KNAUP: Schämscht dr net d'Blätz ab, 's Geld so zom Behnelade nausz'schmeiße ond 's Sach z'verhause, wo deine Vätter ond Ahna mit so viel Schwoiß zammegschärrt hent?

HEINER: Schämscht du de net, dei Renommee so uffs Schpiel z'setze ond solche elende Gschäfter z'mache? Du blamierscht de doch net bloß selber, dodronter leidet doch au dr Name von dr Firma Knaup ond Co. Ond solche Wucherzensa, dia hot jo net amol dr Jud Süaß gnomme.

KNAUP: Gang mr aus de Auga, du Falott, ond schtand mr net rom, wia wenn da Zens brocht hättescht.

HEINER: Wer isch no dr greeßere Falott, der, wo sich Geld vertlehnt, was er braucht, oder der, wo Geld schtiehlt, was er net braucht?

KNAUP: Mach, daß de nauskommscht, sag e dr, sonscht trifft me no dr Schlag. *Heiner ab. Knaup zu sich selbst* Schad, daß aus dem guate Gschäft nix worde isch. Aber i han wenigschtens drbei glernt, wia i meim saubere Bua uff d'Fenger gucke muaß.

Karline tritt auf.

KARLINE: Herr Knaup.

KNAUP: En Augablick, i ben glei wieder do. *Für*

sich 's isch höchschte Zeit, daß e wieder amol noch meinere Schatull guck.

Knaup ab. Gottlieb kommt.

GOTTLIEB: Jetzt ka e doch gar nemme schwätze. Der Entaklemmer muaß irgendwo en Kramlade han. Von dem Kruscht, wo der verfuggere will, isch jo nix em Haus.

KARLINE: Ach, du bisch's, Gottliab? Also daß e di wieder seh!

GOTTLIEB: Jetzt leck me doch glei am Arsch. Was tuascht'n du do, Karlene?

KARLINE: Ha, was e halt emmer tua: Bsorgonga mache ond aus dem bißle, was e ka, en Profit raushole. Oiner wia i ond du hot koi andere Rente als uff em Quivife sei ond romwusle.

GOTTLIEB: Du willscht doch net gar a Gschäft mit meim Herre mache?

KARLINE: Doch, fir den fädl e ebbes ei, ond i hoff, daß no ebbes Nähgarn fir mi ibrigbleibt.

GOTTLIEB: Do hoscht de aber arg tische. Dr Karl Knaup isch net von Gebehause, der isch von Holebach, ond Geld isch en dem Haus rarer wia Elefantamischt. Do bleibt fir andere nix ibrig.

KARLINE: Wer schmeichle ka, den hört mer a.

GOTTLIEB: Ahöre scho ond anehme au. Aber du

kennscht de Knaup net. Der isch so knickig, der läßt sich fir femf Gulda a Schtemmeise ens Arschloch neinottle. Zwor hot er zwoi Händ, de oi zum Hebe vom Portmannee ond de ander zom Zuahebe. Von dem kascht han, was de witt: ganz leicht en Bibelschpruch, ganz schwer en Backschtoikäs, aber a Geld – do isch fei nix z'machet.

KARLINE: No koi Sorg, i woiß scho, wia mer 's Mulle schtreichelt.

GOTTLIEB: Daß i koin Schoche nauslach! Eher kriagscht aus ema tote Esel en Furz raus als aus dem en Sechser. I wensch dem nix Schlechts, denn der hot scho 's Schlechteschte, was mer ema Mensche wensche ka: en Haufe Geld ond en rechte Geiz drzua.

Knaup kommt zurück.

KNAUP: *Leise* Sodele. 's isch älles an seim Ort. *Zu Gottlieb* Kerle, schaff ebbes, wenn e de bhalte soll. *Gottlieb ab. Zu Karline* So, Karlene, alte Schlutt, gibt's ebbes an Neuigkeita?

KARLINE: Noi. Aber wia Sia aussehet! Ehne platzt jo d'Gsondheit grad aus de Knopflöcher naus.

KNAUP: Ha jo, liaber reich ond gsond wia arm ond krank.

KARLINE: Also, no nia en Ihrem Lebe hent Sia so guat ausgsehe. I kenn jonge Leit, dia sent scho mit dreißig alte Schlurger, wenn mer se mit ehne vergleicht.

KNAUP: I gang aber scho uff de Siebzig.

KARLINE: Siebzig? Was isch des scho! Fir en Ma wia Sia sent des de beschte Johr.

KNAUP: Scho, aber i tät schiergar ebbes drom gebe, wenn e zwanzig Johr jenger wär.

KARLINE: Sia werdet doch glatt no Ihre hondert.

KNAUP: Moinscht?

KARLINE: Des sieht mer doch scho an Ihre Auga.

KNAUP: Wo se mr doch de Schtar gschtoche hent.

KARLINE: So ebbes macht jong! Zeiget Se amol Ihr Hand. Du liaber Gott, dia Lebenslinie!

KNAUP: Was isch mit dera?

KARLINE: Ha, gucket Se doch, dia lauft iber de ganz Hand, sicher de Arm nuff ond iber de Ranze bis na an Hentere.

KNAUP: Hot des ebbes z'bedeite?

KARLINE: I han's doch grad gsagt: Hondert, a wa, hondertzwanzig Johr werdet Sia.

KNAUP: Aber so ebbes!

KARLINE: So oin wia Sia wird mer no notschlachte miasse.

KNAUP: Ond wia lauft onser klois Gschäft?

KARLINE: Wia 's Kenderbronze. Halt wia älles,

was i en d'Hand nehm. Besonders Heiratsvermittlonge, des isch mr gegebe. 's gibt koine zwoi Leit uff dr Welt, wo i net zammebrenge könnt. Wenn e wellt, sogar onsern Kronprinz Wilhelm mit era badensische Prinzesse. Gwiß, en onserm Fall isch's leichter. I kenn jo dia Leit, ond i han mit boide iber Sia gschwätzt. Ond dr Muatter han e gsagt, daß Sia d'Marianne nehme möchtet.

KNAUP: Isch se eiverschtande?

KARLINE: Se isch vor Fraid ganz aus em Häusle. So a rechter Ma wia dr Herr Knaup ond mei Töchterle, hot se gsagt.

KNAUP: I muaß heit obend, so schwer mr's fallt, de Herr Hurlebaus zom Nachtesse eilade. Do könnt doch 's Fraile Marianne au a bißle mitesse.

KARLINE: Ha scho. Noch em Mittagesse möcht se sowieso Ihrer Elis en Bsuach mache, no will se en de Kleine Bazar, ond nochher ka se jo zom Nachtesse komme. Des frait se sicher. Trotzdem se so bescheide isch ond, wenn mer se zom Esse eiladet, emmer sächt: Noi, danke, i han erscht geschtern ebbes gesse.

KNAUP: Daß's so ebbes no gibt! Karlene, hoscht du ihr Muatter au gfrogt, was se ihrem Töchterle fir a Mitgift gebe ka? Woischt, ihr Weibsleit hent's guat: Ihr rauchet net, ihr trenket net, ond Weiber sent ehr selber. Do hent ehr au koine Ausgaba. Aber mir Manna, was mir so brauchet! Drom muaß des Mädle, wo mer heiratet, au a bißle a Sach han.

KARLINE: D'Marianne brengt zwelftausend Gulda Rente mit en d'Eh.

KNAUP: Zwelftausend Gulda? Des läßt sich höre. En guate Schtaatsschuldschei?

KARLINE: A wa, vom Schtaat seine Schulda ka mer net ronterbeiße, wenn amol a Hongersnot kommt. Was des Mädle mitbrengt, isch solider ond reeller. Des setzt sich so zamme: Se isch nämlich ganz oifach uffzoge. 's Esse ond 's Trenke schpielt bei dera koi Roll. Des han e Ehne doch scho gsagt.

KNAUP: Jo, aber a Scheene frißt au net meh wia a Wiaschte.

KARLINE: A bißle Milch ond a Salätle, en Rettich ond en Backschtoikäs, des langt dera. Gsälz macht se selber, am liabschte Hägamark, des koschtet nix. A Kaffeebembele isch se au net, se trenkt am gernschte en Brombeerblättertee. Des älles macht dreitausend Gulda em Johr.

KNAUP: Aber des isch doch koi Geld uff dr Hand.

KARLINE: Aber a sichers Schparkapital. Ond wia oifach dia sich aziagt! Älles näht se sich selber: Oi Kloid fir Fraid ond Leid ond fir en

Maietag, des isch fir dia Haufe gnuag. Gukket Se doch bloß de andere Weiber a. Zom Beischpiel d'Frau Schablonafabrikantawitwe Schlotterbeck mit ihrem Prinzeßkleidle, ihre Schtiefelettla, ihrem Kapotthiatle, ihre Sonneschirmla. Ond was dia an Korsett ond Onterröck ond Schleppa ond Tornüra ond Cul de Paris braucht, des möcht i net zahle. Ond Schpitza om ihre Herzer rom, wo zom Kloid nausdrucket. Ond de teierschte Pelz. Älles dees braucht d'Marianne net. Au koine Nüschterla, koine Kettla ond Rengla ond Bröschla und Armbändla. Des älles sent glatt femftausend Gulda pro anno.

KNAUP: Aber net en dr Kass'!

KARLINE: En Gsellschaft goht se iberhaupt net, net amol ens Kränzle, nia ens Hoftheater. Se goht uff koi Redoute ond net en d'Museumsgsellschaft ond net amol zom Liaderkranz. D'Predigt vom Prälat Gerok en dr Schtiftskirch jeden Sonntig, des langt ehra. Ond do gibt se bloß drei Kreizer Opfer. Ha, jetzt denket Se doch: 's gibt doch Weiber, wo em Ausland en Bade-Bade schpielet. Erscht neilich hot d'Frau Kommerziarat Kußmaul glatt ihre femftausend Märker verschpielt. 's isch kaum en Zahla z'sage, was do d'Marianne eischpart. I rechen viertausend Gulda em Johr.

Ond jetzt zählet Se onte zamme, do kommet ihre zwelftausend Gulda drbei raus.

KNAUP: Was mer net verbraucht, kommt doch net nei en d'Kass'. Do miaßt i jo a schtoireicher Ma sei, wenn mer so wia du rechent. Mer muaß doch au ebbes en dr Hand han.

KARLINE: Do brauchet Se bei dr Marianne bloß nalange, no hent Se glei ebbes en dr Hand. Ond Se wisset doch: Sia ond ihr Muatter kommet aus Chicago, do isch also a reiche amerikanische Erbschaft en Aussicht.

KNAUP: Jo, aber so ebbes soll mer scho gnauer wisse. Ond no kommt no ois drzua: Des Mädle isch no resch, ond i ben nemme dr Jengscht. Ond wenn se no so oifach isch: Jonge Mädla schtellet manchmol so ihre Aschprich, wo nix koschtet wia d'Nachtruah. Ond wenn e ganz offe ben: Des lobet se bei mir afange nemme so.

KARLINE: Jetzt wellet mer doch net dromromschwätze. D'Marianne isch jo so a bravs Mädle, wo no net woiß, was Wollüschte sent. Ond was e net woiß, macht mr net hoiß. Solang Sia also koine Begierda wecket...

KNAUP: I ond no Begierda wecke? Do käm e jo en arge Verlegeheit. Aber wenn's so isch, wia du sächscht, no isch scho guat.

KARLINE: Se ghört halt zu dene Mädla, wo a

gschtandener Ma liaber isch als so a jonger Schparafantel.

KNAUP: Des trifft sich jo guat. Wenn i a Weibsbild wär, wär mr a Ma en meim Alter au liaber wia so a uffblosener Rotzgockel, wo vorne ond hente nix drhenter isch.

KARLINE: I verschtand's au net, wia d'Weiber an so ebbes ebbes fendet. Aber ohne Ehne a Kompliment z'mache: Wenn e Sia so aguck – a Ma wia Sia, noch dem muaß's oin jo grad pfupfere.

KNAUP: Ha, was du net sächscht! Gell, a alte Kuah wia du schleckt au no gern a Salz.

KARLINE: Drehet Se sich doch amol om ond machet Se a paar Schritt. Majeschtätisch, ka mer do bloß sage.

KNAUP: Jo, a großer Bauch kommt au net von kloine Schpätzla.

KARLINE: Ond laufe teant Sia jo no wia a Topf.

KNAUP: Jo, wenn no 's Reiße net wär.

KARLINE: Lasset Se's halt reiße.

KNAUP: Ond 's Aschthma.

KARLINE: Wenn mer Se so schnaufe hört, no denkt doch neamerd an Aschthma. A erfahrene Frau moint, des sei Leideschaft.

KNAUP: No isch jo älles en Ordnong. Du hoscht wirklich mein Dank verdiant.

KARLINE: Jo, do wär no a kloine Bitt: Könnt mr

den Dank net ommünze? I han nämlich en Prozeß, wo e wahrscheinlich verlier, weil mr's am Geld fehlt. Wenn Se mr do a bißle helfe könntet. *Knaups Gesicht hat sich verfinstert, hellt sich aber bei den folgenden Sätzen wieder auf.* Sia glaubet jo gar net, wia d'Marianne schiergar verbobbert, Sia kennez'lerne. Wenn dia Ihren Gehrock sieht ond Ihr ehrwürdigs Plaschtron ond dia Hos mit dene eigeartige Falta ond ihrem Glanz...

KNAUP: Des hört mer gern! Aber wer mi so lobt, will ebbes von mr.

KARLINE: Ha jo, Herr Knaup, wenn no der Prozeß net wär. *Knaup macht wieder ein ernstes Gesicht.* Wenn e den verlier, no isch's aus mit mr. Aber Sia könnet mr jo sicher a bißle aushelfe. Sia hättet bloß sehe solle, wia dia d'Ohra gschpitzt hot, wenn e von Ehne verzählt han. *Knaups Gesicht wird wieder fröhlich.* Se ka's gar net verwarte, bis se mit Ehne verheiratet isch.

KNAUP: Do hoscht mr wirklich a große Fraid gmacht, ond i ka bloß von Herze Vergelt's Gott sage.

KARLINE: Fuffzig Gulda wäret mr liaber wia a Vergelt's Gott.

KNAUP: *Blickt wieder finster drein.* Also, ade, i muaß no niber ens Kontor.

KARLINE: Herr Knaup, i ben wirklich en era arge Verlegeheit.

KNAUP: Wer en Wirtteberg hongert, isch z'faul zom Fresse. Ond 's wird scho drfir gsorgt, daß du net verhongere muascht.

KARLINE: Jetzt saget Se doch zu meinere Bitt net noi. Bloß fuffzig Gulda!

KNAUP: I han em Augablick gar koi Bargeld em Haus. Also, bis nochher.

Knaup ab.

KARLINE: Des isch doch dr widerwärtigschte Knauser, wo mr je iber de Weg glaufe isch! I woiß no guat, was der gsagt hot, wo mer ehn amol gfrogt hot, was er seine Kender zu Weihnachte schenke tät. Dene saich e halt a Schleifez vors Haus, hot er gsagt. Aber bacht, Alterle! Wenn's bei dir net warm rauskommt, no probier e's halt woandersch. Ond am Schluß muascht du's oineweg zahle!

Dritter Aufzug

Knaup, Heiner, Elise, Eugen, Rickele, Gottlieb

KNAUP: Also, jetzt höret amol älle guat zua. I han heit obend a paar Leit zom Nachtesse eiglade.

HEINER: Ja so ebbes, Vatter! Sonscht sächscht doch emmer: Kommet Se aber glei noch em Veschper, daß Se zom Nachtesse wieder drhoim sei könnet.

KNAUP: Des isch en dem Fall net gange. Jetzt aber 's Maul ghalte, i geb jetzt meine Aweisonga. Zerscht zu dir, Rickele.

RICKELE: Als Putzere oder als Köche?

KNAUP: Zerscht als Putzfrau. Also, du, Rickele, holscht jetzt dein Bese ond putzscht älles grendlich ond polierscht d'Möbel, aber net so, daß se abgnitzt werdet. *Rickele ab.* Ond du,

Gottliab, machscht älles wieder guat, was d'vorher bosget hoscht, ond sorgscht fir de Wei. Wenn a Flasch kaputtgoht, wird se dr vom Loh abzoge. Aber bevor dr Wei uff de Tisch kommt, wird er mit Sauerwasser verdennt, daß er schee bizzelt. No werdet aus oinera Flasch zwoi.

GOTTLIEB: Jo, i verdenn ehn guat, 's isch a Reitlenger, ond den verträgt koi Kuttel pur. Wenn mer den so trenke tät ond tät en Bernhardiner abronze, tät er glatt zom-a Schoßhondle zammeschnurre.

KNAUP: Gosch ghalte, du Lötfeile! Ond eischenke tuascht fei erscht, wenn oiner sein Durscht nemme verhebe ka. Ond nochgschenkt wird nix. Des isch a arge Ositt bei ons em Schwobaland. Des ghört sich net. Do ben e hoikel. Also wartescht drmit, bis mer di drom bittelt ond bettelt. Du woischt, daß dr Alkohol a gottlos Laschter isch.

Gottlieb ab.

KNAUP: Ond du, Elis, gibscht Obacht, was naustrage wird, ond sorgscht drfir, daß 's Rikkele ond dr Gottliab en dr Kiche net älles fresset, was ibrigbleibt. Des wird uffghobe, ond 's derf nix verkomme. Ond jetzt richtescht de, bis mei Braut kommt, ond gohscht mit ehra en de Kleine Bazar. Hoscht verschtande?

ELISE: Jo, Babbe.

Elise ab.

KNAUP: Ond jetzt du, mei Guatedel. Schwamm driber iber dia Gschicht von vorher. Aber wenn mer ons wieder vertrage wellet, laß dr's bloß net eifalle, daß d'a Lätsch rahenkscht, wenn mei Braut kommt.

HEINER: Ha, worom sollt i des?

KNAUP: Des woiß mer doch, wia d'Kender sich uffihret, wenn dr Vatter wieder heiratet, ond wia se mit era arme Schtiafmuatter omganget. Also, wenn de willscht, daß dia letzscht Schandtat vergesse isch, no bitt i mr a fraindlichs Gsicht aus.

HEINER: I ka's oineweg net en me neidrucke, Vatter. De sell als Schtiafmuatter goht mr scho arg gege de Schtrich. I miaßt grad liage, wenn e ebbes anders sage tät. Aber i laß mr nix amerke, ond i laß's au an nix fehle.

KNAUP: Des will e au moine.

Heiner ab. Rickele zurück mit Besen, Scheuerlappen, Putzeimer.

KNAUP: *Zu Rickele* Kascht ebbes Guats zom Esse richte?

RICKELE: Des wisset Se doch, daß i koche ka. Se miasset mr bloß 's nötige Geld zom Eikaufe gebe.

KNAUP: Jetzt gang mr doch zom Teifel mit deim Geld ond emmer wieder Geld ond nomol Geld. Des ka e net verputze, wenn d'Leit nix anders em Kopf hent wia Geld, Geld, Geld. Gibt's denn koine Ideale meh uff dera lompige Welt?

EUGEN: Jo, do muaß mr sich au grad wondere. Mit viel Geld guat koche, des ko jede Trialere. Aber was a rechte Köche isch, dia kocht billig ond guat.

RICKELE: Also, Herr Verwalter, i wär scho arg froh, wenn Se mi des lerne ond mei Amt als Köche ibernehme tätet. Sia send doch dr Obergscheitle en dem Haus.

KNAUP: Halt 's Maul! Also, was brauchscht?

RICKELE: Dr Herr Verwalter kocht Ehne a Nachtesse omesonscht.

KNAUP: Di han e gfrogt.

RICKELE: Also, wiaviel Leut sent's?

KNAUP: So Schticker sechs bis siebe. Aber koche brauchscht bloß fir femf. Wenn's fir femf langt, werdet au siebe guat satt.

EUGEN: Des isch doch klar wia Güllabrüah.

RICKELE: Also, wenn's noch mir gange tät: a kräftige Floischbrüah mit Leberschpätzla, druff Buabaschpitzla mit greanem Salat, ond schliaßlich en scheene Kalbsbrote mit ema Rahmsößle, ema Kartoffelsalat ond Schpätzla. Ond als Nochtischno frische Preschtleng mit Schlagrahm.

KNAUP: Du bischt scheint's nibergschnappt! Dodrmit ka mer jo ganz Schtuagert ond Feierbach drzua sattkriage.

RICKELE: Von mir aus au en Rehschlegel.

KNAUP: Du aushäusigs Luader, du willscht me scheint's an de Bettelschtab brenge.

RICKELE: Paschtetla mit eigmachtem Kalbfloisch.

KNAUP: Jetzt langt mr's aber, gschuckte Schpinatwachtel. Koi Wonder, daß se ons Schwoba emmer em badische Ausland nochsaget, mir hättet zwoi Mäga ond koi Herz.

EUGEN: *Zu Rickele* Sollet mer denn onsere Gäscht ombrenge? Moinscht, dr Herr hätt se eiglade, om se totz'fittere? Lies doch amol em-a Gsondheitsbuach ond frog amol en Dokter – an volle Tisch sent scho meh gschtorbe wia an dr Schwendsucht.

KNAUP: Recht hot er.

Gottlieb zurück.

EUGEN: Wia hot dr Schiller gsagt: Esse, Trenke ond Karta brenget oin om Felder ond Garte.

KNAUP: Do hot er de Nagel wieder amol uff de Kopf troffe, onser Schiller. So ebbes Schees han e mei Lebtag no net ghört. Em Garte karte – noi, wia hoißt's?

EUGEN: Esse, Trenke ond Karta brenget oin om Felder ond Garte.

KNAUP: Merk dr's! Des laß e iber de Ofe em Eßzemmer mole, bevor mer me zom Haus nausfrißt.

EUGEN: I sorg scho drfir, daß älles en Ihrem Senn gmacht wird. Oder i mach's selber, no koscht's nix. Ond oms Nachtesse kümmer i mi au ond om d'Uffsicht ibers Koche.

GOTTLIEB: Des wird 's Beschte sei, wenn's au 's Beschte net wird.

RICKELE: Jo, no han e scho weniger Gschäft. Aber dia arme Gäscht!

GOTTLIEB: Wia wär's mit era Erbsasupp aus dem Säckle, wo dr Herr Knaup emmer d'Erbsa zählt?

EUGEN: Des wär besser wia a Gosch voll Glufa.

KNAUP: Aus em albachene Brot könnt mer doch a Brotsupp mache. Vom siebziger Kriag her sent no Graupa do, ond dr Gottliab goht uff d'Freibank ond holt a paar scheene Floischknocha.

Gottlieb: Liaber a Laus em Kraut wia gar koi Floisch.

Eugen: Sia könnet sich wia emmer uff mi verlasse, Herr Knaup.

Gottlieb: Also, i tät vorschlage: als Vorschpeis a Nixle em-a Bichsle ond a goldigs Wartaweile. Ond no en brägelte Rotz em-a Däpperle zu Mausschwänzla en Gelee. Eigmachte Kellerschtaffla ond en bachene Furz uff era Gabel.

Rickele: Ond no klepper e no a ganz halbs Oi nei. *Zu Knaup* Jetzt hot dr Herr Verwalter wieder amol zoigt, daß ohne ehn nix goht en dem Haus.

Knaup: Du fangscht mr jetzt koine Händel a!

Rickele: I ka des Schmeichle ond Schmotze ond Schmuse oifach net verputze. I woiß doch Bscheid: Wenn der sei Nos en älles neischteckt ond sich oms Brot ond om de Moscht ond oms Salz ond oms Erdöl kemmert, no tuat er's doch bloß, om Ehne z'flattiere. I könnt grad uff dr Sau naus, wenn e hör, was iber Sia älles so gschwätzt wird. Wisset Se, Herr Knaup, i ben a mocketer Kichedragoner, aber i han doch a guats Herz.

Knaup: Könntscht mer net sage, Rickele, was d'Leit so iber me schwätzet? Dr Herrgott hot ons 's Maul schliaßlich net bloß zom Fresse gebe.

Rickele: Des könnt e scho, wenn e wißt, daß Sia sich net alterieret.

Knaup: I han a dicks Fell.

Rickele: Wenn Se's obedengt wisse wellet, Herr Knaup, no will i Ehne halt sage, daß d'Leit henter Ihrem Ricke ihr Gaude an Ehne hent. Ond daß mer Witz verzählt, wia p'häb Sia seiet. Se saget, Sia seiet so entressiert, daß Se 's Schtehle schier net verhebe könntet. Ond se saget, friher, wenn Sia hättet veschpere welle, no hättet Se Ihren Heiner, wo er no a Bua gwese isch, zom Metzger gschickt. Do hätt er fir en Kreizer Wurschtzipfel fir de Hond kaufe miasse. Ond oimol hätt er gsagt: Aber net so fett, dr Vatter hot 's letzschte Mol kotze miasse. Se froget: Was macht dr Knaup, wenn er mit era Kerz vor em Schpiagel schtoht? Ond se schpottet: No feiert er de zwoite Advent. Also, wenn Se's obedengt wisse wellet: Wo mer nakommt, iberall verreißet se sich 's Maul om Sia. Ond älle saget se, Sia seiet a Entaklemmer, a Erbsazähler, a Brosamapicker, a Schofbollekrämer, a Glufamichel, a Hennadreckszziager. Mer schwätzt net vom Karl Knaup – iberall hoißt mer Se bloß de knickig Knaup.

Knaup: Jetzet isch aber gnuag Heu honte! Du bischt doch 's gottlosescht Lompatier, wo mr je verkomme isch. Bacht, du grendiger Scherbe, di schlag e ogschpitzt en Bode nei, daß de dr Herrgott mit dr Beißzang wieder rausziage muaß. Dir henk e 's Kreiz aus, daß dein Arsch en dr Schleng hoimtrage muascht.

GOTTLIEB: Han e's net gsagt, Rickele? Aber du hosch's jo net glaubt. I han mr doch glei denkt, daß dr Herr Knaup en Rappel kriagt, wenn mer ehm d'Wohret sächt.

KNAUP: Bacht, siadicher Drache, dir breng e bei, wia mer mit seinera Herrschaft omgoht.

Knaup ab.

EUGEN: *Lacht.* Jetzt sehet ehr, wiaviel d'Ehrlichkeit wert isch.

RICKELE: Des goht doch Sia en Dreck a. Zwanzig Johr dian i jetzt en dem Haus ond ernt nix wia Odank. Ond Sia sent kaum a paar Monat do, ond älles tanzt noch Ihrer Pfeif.

EUGEN: Jetzt teant Se no schtät!

GOTTLIEB: Schtät, schtät! I ond 's Rickele, mir hent a ehrliche Haut, ond wia mer mit ons omschprengt, des macht me scho fuchsteifelswild.

EUGEN: Wer ehrlich denkt ond handelt recht, der kommt zu nix ond 's goht ehm schlecht.

GOTTLIEB: Sia sent a schadefroher Heimtücker.

Eugen: Gell, nemm de zamme, triaber Gottliab.

Gottlieb: Jetzt treibet Se no mit meim Name Hugoles.

Eugen: Vergesset Se net, daß Sia bloß a mender Knecht send.

Gottlieb: Des woiß e.

Eugen ab.

Rickele: *Zu Gottlieb* Wenn me dr Herr Knaup ronterputzt, des isch wenigschtens mei Denschtherr. En Gotts Name, kemftig sag e halt nemme d'Wohret. Aber seller...

Gottlieb: Jo, wenn der reigschmeckte Schpitz mi en triabe Gottliab hoißt, dem zahl e's no hoim.

Rickele ab. Karline kommt mit Marianne.

Karline: Isch dr Herr drhoim, Herr Gottliab?

Gottlieb: Ond wia er drhoim isch. Der isch em Haus ond ganz aus em Häusle.

Karline: No saget Se ehm, daß mir do sent.

Gottlieb ab.

Marianne: Ach, Frau Karlene, mir isch ganz blümerant.

KARLINE: Jo, aber worom denn bloß?

MARIANNE: Des froget Se no! Könnet Se sich net denke, wia oim zmuat isch, wo sei oiges Schafott zemmert?

KARLINE: I woiß, 's gibt en scheenere Tod als en de Ärm vom-a alte Krauter. Sie tätet liaber en de Ärm von dem jonge Kerle vergange, von dem Se mr verzählt hent.

MARIANNE: So isch's. Ond wenn er ons emmer bsuacht hot, des isch mr jedesmol durch ond durch gange.

KARLINE: Wisset Se denn, wer seine Leit sent?

MARIANNE: Noi, des woiß e net. I woiß bloß, was des fir a liaber Kerle isch. Ond wenn e könnt, wia e wellt, tät e koin andere nehme wia den. Ond drom graust mr's no viel meh vor dem Grattler, wo i heirate soll.

KARLINE: Jo, so a Bürschle verschtoht's, was d'Weiber möget. Aber meischtens hent se hente ond vorne nix. Ond 's Heirate isch halt halbe Not, aber au halbs Brot. Sia sent selber a arms Hättele ond brauchet en alte, reiche Ma. Viel Vergniage hot mer an so-ma Trialer freilich nemme. Aber so oin heiratet mer halt uff Abbruch ond sorgt drfir, daß mer bald a reiche Witwe wird. Ond wenn mer en Haufe Sach hot, no ka mer sich oin raussuache ond kommt en jeder Beziehong zu seim Sach.

Jetzt aber schtät, do kommt er. Große Herre hent d'Ohra an de Fiaß.

MARIANNE: Ach, Frau Karlene, der sieht jo viel ogattiger aus, wia e ehn mer en meine schlemmschte Traim vorgschtellt han.

Knaup tritt auf.

KNAUP: *Zu Marianne* Griaß gott, schees Frailein, ond nehmet Se's mr net kromm, wenn e mei dicke Brill uffhan. Mir hent se nämlich erscht de Schtar gschtoche. Ond ohne Brill ka e a goldigs Schnupftabaksdösle net vom-a Backschtoikäs onterscheide, wenn se net verschiede schmecke tätet. Aber Sia sent so goldig ond so herzig, des tät e au ohne Brill merke. I ben ganz aweg von dem, was mer an Ehne sieht. Des Gsichtle, dia Aigla, des Näsle, des Göschle! Wia muaß do erscht des sei, wo mer net sieht... *Zu Karline* Worom schwätzt denn dia nix?

KARLINE: Dia pfupferet's so noch Ehne, daß ehr's glatt d'Schproch verschlage hot.

KNAUP: Do kommt mei Tochter, liabs Fraile Marianne, ond möcht Ehne au Griaßgott sage.

Elise tritt auf.

MARIANNE: Griaß Gott, Fraile Elise, mir schlägt grad ’s Gwisse, weil i Sia scho lang hätt bsuache solle.

ELISE: Ganz meinerseits, i hätt Ehne scho lang d’Ehr atoa solle.

KNAUP: Gell, do glotzet Se, wia groß dia Krott isch. Okraut wachst ebe tapfer.

MARIANNE: *Leise zu Karline* Isch dees a ekelhafter Kerle.

KNAUP: *Leise zu Karline* Was sächt des Schneckle?

KARLINE: Daß se noch Ehne schiergar verbobberet.

KNAUP: Des isch wirklich zviel der Ehr, siaß Schatzemockele.

MARIANNE: *Beiseite* Des isch jo a widerwärtiger Schnackel.

KNAUP: Des isch jo a saubers Menschle!

MARIANNE: *Beiseite* I halt’s nemme aus.

KARLINE: Jo, alte Scheuera brennet halt hell.

Heiner tritt auf.

KNAUP: Do kommt au no mei Jonger ond will Ehne Griaßgott sage.

MARIANNE: *Leise zu Karline* Om Gottes Wille, des isch jo der Kerle, von dem i Ehne verzählt han.

KARLINE: *Zu Marianne* Do schlag me doch glei 's Blechle!

KNAUP: Gellet Se, do wonderet Se sich, daß i scho so große Kender han. Aber dia werdet mer bald los. Solang d'Kender 's Brot mit em Rotz fresset, sent d'Eltera am glicklichschte. I verschprech Ehne au ganz fescht, daß e älles tua, was en meine Kräfte schtoht, bis mir zwoi a klois Butzewackele gmacht hent.

HEINER: *Zu Marianne* I derf Ehne doch sage, daß e mit ällem grechent han, bloß mit dem net. I han net schlecht glotzt, wo mir mei Vatter gsagt hot, was er sich en de Kopf gsetzt hot.

MARIANNE: I ben au uff älles gfaßt gwese, bloß uff des net. I woiß gar net, was e do sage soll.

HEINER: Oineweg, ebbes Bessers hätt mei Vatter net fende könne. Ond daß Sia do bei ons sent, des isch fir mi de greescht Fraid. Aber gar koi Fraid isch mr's, daß Sia mei Schtiafmuatter werde wellet. I ka doch net uff oimol Muatter zu Ehne sage. Gellet Se, send Se mr net bees, wenn e so gradraus ben. Aber vielleicht könnet Se sich denke, daß mir Ihr Heirat wia Schpitzgras isch. Ond dir, Vatter, muaß e dees mit Verlaub au sage. Wenn's noch mir gange tät, tät mer dia Hochzich ens Kamee schreibe.

KNAUP: Do hört sich doch älles uff!

MARIANNE: Mir goht's au net andersch. Wenn Sia mi net als Schtiafmuatter wellet, no will i Sia au net als Soh. Glaubet Se jo net, daß i drhenterher ben, Sia en a sottiche Verlegeheit z'brenge. I möcht nix toa, was Sia kränkt, ond dia Heirat mach e bloß mit Gwalt.

KNAUP: So isch's recht, Fraile Marianne. Saget Se dem ozogene Kerle no d'Moinong. Der woiß oifach net, was sich ghört.

MARIANNE: Noi, was er sächt, kränkt mi net. Em Gegetoil, i ben froh, daß er so gradraus isch. Hätt er andersch rausgschwätzt, hätt mr's weniger gfalle.

KNAUP: Des isch aber liab von Ehne, daß Se den ogattige Kerle no entschuldiget. Aber mit dr Zeit schtoßt der sich au no d'Hörner ab. Au dr Demmschte lernt ebbes drzua.

HEINER: Noi, Vatter, des isch ganz ond gar ausgschlosse. I bitt Se, Fraile Marianne, nehmet Se dees, was e gsagt han, so uff, wia's gmoint gwese isch.

KNAUP: Ja so ebbes! 's wird jo emmer ärger.

HEINER: Soll i aus meim Herz en Schubkarre mache?

KNAUP: Jetzt hältscht aber dei vorlaute Gosch, wenn d'nix Bessers z'sage woischt.

HEINER: Guat, omkehrt isch au gfahre. Also,

Fraile Marianne, jetzt schwätz e fir mein Vatter ond sag Ehne, daß mr no koine verkomme isch, wo mr so gfallt wia Sia, ond daß mr nix liaber wär, wia wenn i Ehne au gfalle tät, ond daß e, wenn e Sia kriage tät, reicher wär wia onser Keenig. Om Sia z'kriage, wär e om nix verlege.

KNAUP: Jetzt mach's aber halblang, Bua!

HEINER: Ha, i schwätz halt zom Fraile Marianne en deim Name.

KNAUP: I ben selber groß ond brauch de net zom Firsprech. Aber wellet ehr net Platz nehme? 's isch 's oinzige, was e eich abiate ka. Also, machet's eich kommod.

KARLINE: Noi, mir möchtet liaber glei en de Kleine Bazar. Deschto bälder send mer wieder do ond könnet no a bißle schwätze.

KNAUP: *Zu Marianne* Aber nix fir oguat, Fraile Marianne, i hätt Ehne gern vorher ebbes abote. Aber do hot mer zwoi große Kender em Haus, ond dia denket an nix.

HEINER: So isch no au wieder net! Also, hocket na. I han vom Marquardt uff em Vatter sei Rechnong a Plättle richte lasse, ganz oifach: a bißle Schtroßburger Gänseleber, triffelte Paschtetla, a paar Kaviarbrötla, ebbes Auschtera, abghangene Krammetsvögel ond en Schampanjer. *Ruft* Rickele, komm, servier!

Rickele tritt mit einer großen Platte, Gläsern und einer Flasche Champagner auf. Heiner schenkt ein und serviert.

KARLINE: Mmm, des macht oin jo grad a.

KNAUP: *Leise zu Eugen* Herr Eiges…

EUGEN: Jetzt isch er nibergschnappt.

HEINER: Was moinscht, Vatter? Des sei z'wenig? Aber 's Fraile Marianne isch jo so bescheide.

MARIANNE: Des wär jetzt wirklich net nötig gwese.

HEINER: Greifet no zua! Was uff em Tisch schtoht, isch scho verschmerzt.

KARLINE: *Greift gierig zu.* Des isch mr jetzt a rechte Verlegeheit.

HEINER: Gucket Se amol den Diamant am Vatter seim Rengfenger a, Fraile Marianne. Hent Se scho amol so en scheene Reng gsehe?

MARIANNE: Der glitzeret jo grad wia a Schtern.

HEINER: *Zieht den Ring vom Finger seines Vaters und gibt ihn Marianne.* Den miasset Se amol aus dr Näche agucke.

MARIANNE: Mr sott's net glaube! I möcht net wisse, was so ebbes koschtet.

HEINER: *Stellt sich vor Marianne, die den Ring zurückgeben will.* Noi, Fraile Marianne, der paßt besser zu Ehne. Dr Babbe möcht ehn Ehne schenke.

KNAUP: I? Was möcht i?

HEINER: Du hoscht doch gsagt, Babbe, daß d'ehn em Fraile Marianne gebe willscht, daß se merkt, was se dr wert isch.

KNAUP: *Leise zu Heiner* Was hätt i?

HEINER: Frog net so domm! *Zu Marianne* I soll Ehne guat zuarede, daß Se den Reng nehmet, moint er.

MARIANNE: Noi, neta.

HEINER: *Zu Marianne* Machet Se doch koine Fisimatenta. Er nemmt ehn onter koine Omschtänd wieder zrick.

KNAUP: I könnt mi vor Wuat grad selber en Hentere beiße.

MARIANNE: Des wär mr aber a rechte Verlegeheit.

HEINER: *Hindert Marianne, den Ring zurückzugeben.* Gell, Sia dirfet de Babbe net beleidige.

MARIANNE: I woiß gar net, wia e me do revaschiere soll.

KNAUP: Dr Teifel soll de hole, Hurasiach, drekketer!

HEINER: Do gucket Se no, er wird ganz narret, weil Se ehn net nehmet.

KNAUP: Erdafetz, siadicher!

HEINER: Jetzt läßt er sei Wuat no an mir naus.

Knaup: Waitag, elender!

Heiner: Aber i ka doch nix drfir, Babbe. I tua doch älles, was e ka, daß 's Fraile Marianne den Reng bhaltet.

Knaup: Haderlomp, krommbohrter!

Heiner: *Zu Marianne* Der kriagt no d'Gichter! Hent Se doch Erbarme mit ehm ond zieret Se sich net so.

Karline: Jetzt machet Se doch koine Omschtänd ond nehmet Se den Reng, wenn's dr Herr Knaup obedengt will.

Marianne:: *Zu Knaup* No ben e halt so frei.

Karline: So , aber jetzt nix wia en de Kleine Bazar, daß mer bald wieder retour sent.

Heiner: I begleit Se an d'Haustir.

Heiner ab mit Marianne und Karline.

Knaup: Net gnuag mit dem Kaviar, dere Gänseleber, dene triffelte Paschtetla, de Auschtera, dene Krammetsvögel. Au no mein Reng! Herr Eiges, packet Se zamme, was ibrigbleibt, ond gucket Se, daß's 's Marquardt wieder zricknemmt.

Eugen: I tua, was e ka.

Knaup: Liaber Gott, worom hoscht du me bloß mit so-ma Rotzbuabe gschtroft? Der brengt me no vor dr Zeit onter de Bode!

Vierter Aufzug

Heiner, Marianne, Elise, Karline

HEINER: Kommet no rei, do sent mer oscheniert.

ELISE: Jo, Fraile Marianne, mei Bruader hot mr verzählt, wia er schiergar noch Ehne verzwazzelt, ond wen der mog, den mog i halt au.

MARIANNE: Ach, Fraile Elise, wenn so ebber wia Sia mi mog, des tuat mr richtig guat.

KARLINE: Hättet Se bloß mi mache lasse, no wäret Se jetzt net so en dr Bredouille.

HEINER: Also, was willscht denn jetzt mache, Marianne?

MARIANNE: Ha, was au scho, Heiner? I tua fir di älles, bloß nix gege de Aschtand.

HEINER: Du emmer mit deim Aschtand!

MARIANNE: Wenn i au druff pfeife tät – i hätt

halt koi Fraid an ebbes, wo meiner Mamme koi Fraid macht.

HEINER: Wenn dei Muatter au nix gmacht hätt, was deiner Großmuatter koi Fraid macht – o je! No hätt jo di dei Vatter gar net mache könne.

MARIANNE: Probier doch, daß d'meiner Mamme scheetuascht. Ond wenn se romkriagscht, no sag i ehra au, daß i di mog.

HEINER: Karlene, kascht mr net helfe?

KARLINE: Des isch net so oifach. *Zu Marianne* Aber mit Ihrer Muatter ka mer doch wenigschtens schwätze. Dia könnt mer doch so weit brenge, daß se des, wo se em Alte verschproche hot, em Jonge gibt. *Zu Heiner* 's Schlemmschte isch halt, daß Ihr Vatter Ihr Vatter isch.

HEINER: Aber des isch jetzt scho passiert!

KARLINE: So oiner wia der kommt ganz aus em Häusle, wenn mer ehm en Korb gibt, ond no isch bei dem gar nix meh z'mache. Mer miaßt's halt so weit brenge, daß er em Fraile Marianne a Absag macht.

HEINER: Aber des miaßt scho mit em Kuckuck zuagange.

KARLINE: Mr miaßt halt so a Weibsbild fende, wia i ois be, ond dia miaßt so toa, wia wenn se a Uhrafabrikswitwe aus em Badische wär.

HEINER: No tät's em Vatter am End gange wia sellem Onkel aus Plattahardt.

KARLINE: Ond wia isch's mit dem gange?

HEINER: Ha, halt emmer weiter abersche. Zerscht hot er bei dr Fuaßartillerie diant. No isch er Sozialdemokrat worde. Bald druffna hot er a Katholische gheiratet. Ond schliaßlich isch er em Badische gschtorbe.

KARLINE: Jo, so weit ka mer ronterkomme. Aber dia Badensere, wo i moin, dia wär fir de Vatter a gmähts Wiesle. Mit dreißig Morga Schatte de Wald na ond fuffzigtausend Mark Großherzoglicher Schtaatsaleihe. Ond dia miaßt so toa, daß se ehn oms Verrecke han möcht, ond miaßt sage, wenn er se heiratet, no tät se ehm ihr ganz Sach vermache.

ELISE: Des wär fei. Er tät sage: 's Sach isch recht, 's Weib ka mer nehme.

HEINER: Karlene, du hoscht Eifäll wia an alts Haus.

KARLINE: Lasset Se mi no mache. I kenn so en Scherba, der tät do mitschpiele.

HEINER: Karlene, des tät i mi ebbes koschte lasse. Ond du, Marianne, muascht älles probiere, daß aus dera Heirat mit meim Vatter nix wird. Du kascht so liab rausschwätze, du kascht so Auga mache, du kascht so flattiere ond deiner Muatter Honig oms Maul schmiere. Bei dir ka koi Sau noi sage, am wenigschte dei Mamme.

MARIANNE: I tua älles, was e ka.

Knaup kommt dazu.

KNAUP: *Leise* Jetzt guck amol do na, wia mei Jonger seiner Schtiafmuatter 's Händle druckt, ond dia läßt sich's no gfalle. Des sieht mr gar net ganz koscher aus.

ELISE: Do kommt dr Vatter.

KNAUP: Drauße schtoht a Chaise. Wenn Se wellet, könnet Se mit dera fahre.

KARLINE: Do saget mer net noi.

HEINER: Wenn's net selber toa willscht, gang i mit dene Mädla an d'Chaise.

KNAUP: Noi, du bleibscht do. Dia paar Schritt könnet dia Weibsleut au no alloi mache.

Marianne, Elise und Karline ab.

KNAUP: Abgsehe dodrvo, daß se dei Schtiafmuatter wird – wia gfallt dr dia Denge?

HEINER: Wia se mr gfallt?

KNAUP: Jo, so ihr Figürle, ihr Gsichtle ond was se so rausschwätzt.

HEINER: Jo, was soll mer do bloß sage?

KNAUP: Ha, sag's halt, wia's isch.

HEINER: Also, wenn e ganz offe be: Se fernelet. Aus dr Näche sieht dia net viel gleich. I han scho Scheenere gsehe. Koi Holz vor em Haus, grad wia a Schpätzlesbrett mit zwoi Lensa druff, aber en Arsch wia a Brauereigäule. Ond mit oim Aug guckt se en de Moschtkruag, mit em andere uff d'Plafolamp. Drzuana schwätzt se en rechte Bapp raus. Aber was soll mer von era Schtiafmuatter meh verlange.

KNAUP: Aber vor ehr selber hoscht doch ganz andersch rausgschwätzt.

HEINER: I han ehra halt dir zliab a bißle scheetoa.

KNAUP: Se gfallt dr also net?

HEINER: Von Gfalle isch koi Red.

KNAUP: Des isch aber arg ogschickt. I han nämlich a Erleuchtong ghett. Wo e se vorher so aguckt han, han e denkt: So en alter Denger wia i ond so a jonge Krott wia dia, des ka doch net guat gange. Ond no han e halt denkt: 's Wort hoscht ehra gebe, ond von dr Muatter isch se mr scho verschproche, no geb i se halt em Heiner. Aber wenn se dr so zwider isch...

HEINER: Mir?

KNAUP: Dir!

HEINER: Zom Weib?

Knaup: Jo, zom Weib. Zu was denn sonscht?

Heiner: Jo, so ganz noch meim Guschto isch se jo net, aber dir z'liab tät i se scho nehme.

Knaup: Noi, noi, zu so ebbes ka mer neamerd zwenge.

Heiner: Wenn mer seim Vatter en Gfalle toa ka, no beißt mer au en en saure Äpfel. No nehm e se halt.

Knaup: Mer soll de Hond net zom Jage trage. En so era Eh gibt's nix wia Zerferei ond Hader.

Heiner: Aber dr femfte Zipfel em Bett macht älles wieder guat.

Knaup: Laß dr's gsagt sei: Uff den ka mer sich au net emmer verlasse, sonscht isch mer verlasse. Wenn se möge tätscht, hättscht se meinetwege heirate könne. Aber weil se halt net mogscht, muaß i dia Krott selber schlucke.

Heiner: Wenn's also so isch, Vatter, no will i dir offe ond gradraus älles eigschtande. Seit dem Tag, wo i se zom erschte Mol gsehe han, ben i ganz narret noch dera. Mei erschter Gedanke isch gwese, di z'bitte, daß se me heirate läscht. Erscht wo i gmerkt han, wia du henter ehra her bischt, han i Angscht kriagt, daß du de alterierscht.

Knaup: Hoscht se gar bsuacht?

Heiner: Jo, Vatter!

KNAUP: Öfters?

HEINER: Zemlich!

KNAUP: Sent se gfällig zu dr gwese, sia ond ihr Muatter?

HEINER: Arg! Aber koine von dene boide hot gwißt, wer i be. Drom hot d'Marianne au so guckt wia a Kuah, wenn's donderet, wo se ons boide zamme gsehe hot.

KNAUP: Hoscht ebbes gsagt, daß se mogscht? Hoscht ebbes gsagt, daß se heirate möchtescht?

HEINER: Ha jo, au ihrer Muatter han e's gsagt. I be jo koi Hehlenger.

KNAUP: Ond hot's dem Menschle gfalle?

HEINER: Ond wia!

KNAUP: Mog se di au?

HEINER: Noch dem, was passiert isch, glaub e's scho.

KNAUP: Was isch passiert? Du wirscht doch nix mit era agfange han?

HEINER: Bloß a bißle gschtreichelt, ond bloß oberom.

KNAUP: Wer an d'Äpfel goht, goht au an d'Zwetschge! Aber no isch nix z'schpät. Guat, daß e endlich älles woiß. Ond woischt du au, Biable, was jetzt passiert? Des hot älles koin Wert. Schlag dr se aus em Kopf. Dia heirat i, ond fir di fend e a andere.

HEINER: So treibscht du also 's Michele mit mir! Guat! Aber jetzt sag i dir ebbes: I mog d'Marianne, ond i hör net uff, se z'möge, ond mi vertleidet nix, se z'nehme.

KNAUP: Du halbgreichts Mändle willscht mir ens Revier komme! Schliaßlich ben i emmer no dr Platzhirsch!

HEINER: Du hosch d'Courage, mir ens Revier z'komme? Schliaßlich ben i emmer no dr Jonghirsch!

KNAUP: I be dei Vatter, ond i bitt mr Reschpekt aus.

HEINER: I reschpektier Eiern Befehl em höchschte Grad. Aber was tua i denn mit meim Kopf, wenn e andere ihre folge soll?

KNAUP: Wart, Mändle, dir zeig i's. Dir schlag i donderschlächtig de Ranze voll.

HEINER: Probier's!

KNAUP: Du läscht d'Fenger von dem Mädle!

HEINER: Mei Lebtag net!

KNAUP: Dr Farreschwanz! Wo isch dr Farreschwanz, daß i den Kerle wendelweich schlag?

Gottlieb kommt dazu.

GOTTLIEB: Aber jetzt saget bloß, was isch denn dees fir a Kirbe?

HEINER: Mach, daß d'nauskommscht!

GOTTLIEB: *Zu Heiner* Jetzt machet Se's no halblang, Herr Heiner.

KNAUP: So a Overschämtheit.

GOTTLIEB: *Zu Knaup* Aber i bitt Se, Herr Knaup!

HEINER: I geb net noch.

GOTTLIEB: De Alte solltet gscheiter sei, ond de Jonge solltet nochgebe.

KNAUP: I schlag den Kerle wia en Nußsack.

GOTTLIEB: *Zu Knaup* Ihren oigene Bua, des könnet Se doch net mache.

KNAUP: Guat, no probier du amol z'richte.

GOTTLIEB: Gern. *Zu Heiner* Ganget Se a bißle uff d'Seit.

KNAUP: I mog a jongs Mädle ond will's heirate. Ond der Grasaff mog se au ond will se mr abschpenschtig mache.

GOTTLIEB: Des isch aber arg orecht von ehm.

KNAUP: Heiligs Kanonarohr! Wer em Vatter sei Braut begehrt, der verschtoßt jo gege 's vierte ond 's sechste Gebot: Du sollscht Vater und Mutter ehren, und du sollscht nicht begehren deines Nächschten Weib.

GOTTLIEB: Jo, zwoi Gebot uff oimol. Des isch a bißle viel. I will mit ehm schwätze. Bleibet Se drweil do schtande.

HEINER: *Zu Gottlieb, der zu ihm kommt* Daß du

richte sollscht, do han i nix drgege. Mir isch a jeder recht. I will dr also sage, om was sich's dreht.

GOTTLIEB: Des isch mr aber a arge Ehr. No ben e halt so frei.

HEINER: I mog a jongs Mädle, ond des mog mi au, ond 's läßt sich hehlenge von mr schtreichle ond sogar a Küßle gebe. Do kommt mei Vatter, der alt Bachel, uff d'Idee, ons ausenanderz'brenge. Er hot bei dr Muatter von dem Mädle om ihr Hand aghalte.

GOTTLIEB: Des isch aber scho arg orecht von ehm. Schämt denn der sich net, en seim Alter?

HEINER: Der kommt mr grad vor wia oiner, wo en oigene Schiaßplatz han will, au wenn allmählich d'Munitio rar wird.

GOTTLIEB: Je älter dr Bock, je härter 's Horn. Am End bleibt ehm d'Blamage. Des ka i ehm klarmache. *Zu Knaup* Dr Heiner isch viel besser, wia Sia moinet. Mit dem läßt sich schirre. Er hot Reschpekt vor Ehne, ond 's tuat ehm leid, daß er sich so hot gangelasse. Er gibt noch, wenn Se a bißle fraindlicher zu ehm send wia seither.

KNAUP: No sag ehm doch, Gottliab, wenn's so isch, ka er von mir älles han. Außer Geld ond außer dr Marianne.

GOTTLIEB: Lasset Se mi no mache. *Zu Heiner* Ihr Vatter isch gar net so schtärrich, wia Sia moinet. Er hot mr gsagt, weil Sia so iberglaufe wäret wia a Milchhafe, hätt er en Zore kriagt, aber wenn Se ehn als Vatter reschpektieret, no tät er nochgebe ond Ehne zuakomme lasse, was Se wellet.

HEINER: Guat, Gottliab! Sag ehm, wenn e bloß d'Marianne kriage tät, no wär e ganz degemäßig ond tät toa, was er will.

GOTTLIEB: *Zu Knaup* Dia Sach isch em Lot. Er isch oinig mit dem, was Sia saget.

KNAUP: Gott sei Lob ond Dank.

GOTTLIEB: *Zu Heiner* 's isch älles wieder em Lot. Er isch oinig mit dem, was Sia wellet.

HEINER: No isch jo älles wieder en dr Reih.

GOTTLIEB: Meine Herre, Se könnet wieder mitenander schwätze. Bloß a klois Mißverschtändnis hot Se ausenanderbrocht.

HEINER: Gottliab, des werd i dir mei Lebtag net vergesse. Do hoscht en Taler.

GOTTLIEB: Net dr Red wert!

KNAUP: Do hoscht mr a große Fraid gmacht, dodrfir hoscht a Belohnung verdeant. *Er sucht in seiner Tasche. Gottlieb hält die Hand hin, aber Knaup zieht nur ein Taschentuch hervor und sagt:* I tät dr gern ebbes gebe, aber 's isch mr oms Geld.

GOTTLIEB: *Im Abgehen* Jo, do hätt e scho en Dukate verdeant. Aber der Alte isch jo so p'häb, wenn mer dem en Dukate ens Arschloch klemme tät, tät er d'Prägong verliere.

HEINER: Sei mr net bees, Vatter, i han halt an Allmachtswuat ghet.

KNAUP: Scho guat.

HEINER: 's tuat mr leid, i will's nemme toa. Wellet mer ons wieder vertrage?

KNAUP: Jojo, lasset mer's zuadeckt. Mit de Kender verdiant mer de Hemmel ab.

HEINER: Woischt, i will jo net meh von dr. Wenn mr d'Marianne läscht, no isch älles guat.

KNAUP: Was?

HEINER: Jo, des isch liab von dr, daß d'nix meh gege onser Heirat hoscht.

KNAUP: Was isch des fir a Lettagschwätz?

HEINER: Aber du hosch's doch selber gsagt.

KNAUP: I?

HEINER: Jo, du.

KNAUP: Em Gegetoil, du hoscht verschproche, daß de se lasse tätescht.

HEINER: I se lasse?

KNAUP: Oder net?

HEINER: Mit koim gotzige Wort!

KNAUP: Du hoscht also nix drzuaglernt? Du möchtescht se emmer no?

HEINER: Meh wia vorher!

KNAUP: Was, du krommer Siach, meh wia vorher?

HEINER: I laß se net ond i laß se net.

KNAUP: Do kascht aber 's Kreiz eiziage.

HEINER: Tua, was de willscht, mir isch's scheißegal. Hoscht du eigentlich gar koi Gwisse? Meiner Muatter hoscht koin Kante Brot gönnt ond hoscht zuaglasse, daß se mit ons Kender noch Amerika gange isch, ond do hot d'Muatter bittere Not glitte ond hot en Schtellong gange miasse bis zu ihrem Tod.

KNAUP: Du kommscht mr nemme onter d'Auga.

HEINER: Ond wo's ons so dreckig gange isch ond se hot ons ribergschickt, daß du fir ons sorgscht, ond mei Mamme isch gschtorbe, do bischt bloß froh gwese, daß d'en Fresser weniger en dr Familie ghet hoscht.

KNAUP: Du bischt mei Soh gwese.

HEINER: Ond wenn d'Liesel au uff em Meeresgrond liege tät, des wär dir doch bloß recht.

KNAUP: I enterb de.

HEINER: Bhalt doch dein ganze Leckmeamarsch. Aber merk dr: 's letzschte Hemmed hot koine Tascha!

KNAUP: I verfluach de!

HEINER: Von so oim wia dir verfluacht z'werde isch a rechter Sege.

KNAUP: An dir han i no nia a Fraid ghet außer dene nai Monat, bevor d'uff d'Welt komme bischt.

Knaup in Erregung ab. Gottlieb tritt rasch auf, mit einer Kassette unterm Arm.

GOTTLIEB: Guat, daß Se do sent. Tapfer, kommet Se.

HEINER: Was hoscht denn do?

GOTTLIEB: I han gsuacht ond gsuacht ond han 's Verschteck gfonde, wo Ihr Vatter seine Goldschtickla vergrabe hot.

HEINER: Wia hoscht denn dees fertigbrocht?

GOTTLIEB: Des verzähl i Ehne glei. Jetzt bloß nix wia drvo. I hör ehn scho tobe.

Heiner und Gottlieb ab. Knaup kommt zurück.

KNAUP: *In höchster Erregung* Hebet me, i vergeß me! Diab! Raiber! Mörder! Allmächtiger Herrgott, was han i dir bloß atoa, daß du mi so gottsmillionisch schtrofscht! I ben verlore! Se hent me hegmacht! Se hent mr d'Gurgel durchgschnitte! Mer hot mr mei Geld gschtohle! Wer ka's gwese sei? Wo isch er? Wo hot er sich verschteckt? Wo fend e ehn? Wo soll e bloß naschprenge? Wo soll e net naschprenge? Isch er drenne? Isch er drusse? Isch er henne? Isch er husse? Wer isch's gwese? Halt, du Lomp! *Packt sich selbst am Arm.* Gib mr mei Geld wieder, du Zigeiner! Herrjesses – des ben e jo selber. I ben ganz gschuckt. I woiß net, ben e a Male oder a Weible, i woiß net, wo e be, wer e be ond was e tua. Jeggesle, mei guater Schatz, mei liaber Schatz, mei goldiger Schatz, mei gotziger Fraind, di hot mer mir weggnomme. I ben halbe he. Mein Schtecke ond Schtab, der me tröschtet, han e verlore. Fir mi isch älles aus. Was soll e no uff era solche verkommene Welt? Ohne di mog e nemme lebe. Älles isch aus. I ka nemme, i schterb, i glaub, i ben scho tot ond lieg em Grab wia dr Lazerus. Wecket me doch uff! Gebet mr mei liabs Geld wieder oder saget mr wenigschtens, wer mr's gschtohle hot. I hör Schtemma. Was sächscht? Neamerd isch do. Wer mr des atoa hot, der hot's gschickt abpaßt. Grad en dem Moment, wo i mit dem Hurasiach vom-a Bua gschwätzt han. I hol d'Polizei. Älle werdet se vernomme. Älle werdet se durchsuacht, em Haus, em Kontor ond en dr Fabrik. Älle Arbeiter, dia Tagdiab. Ond älle Menscher an de Maschena. Ond älle Kender, wo bei mir schaffet. Des ganze Sozialischtapack. Aber erscht noch Gschäftsschluß. Ond älle em Kontor miasset ens Gfängnis. Mei Associé, dr Prokurischt, dr Buachhalter ond älle Ghilfa. Aber erscht noch Büroschluß. Ond älle em Haus. 's Denschtmädle, dr Hausknecht, dr Verwalter. Mei Tochter ond mei verkommener Bua. Ond mi verhaft e au. Ach, dia viele, viele Leit. *Wendet sich ins Publikum.* Wen e aguck, von jedem moin e, er könnt's gwese sei. Hot ebber ebbes gsagt? Was hent ehr gsagt? Saget doch de Name von dera Schtehlratz, de Name! Was isch des fir a Krach, wer bockelt do? Isch des der Diab? Onserm liabe Heiland z'liab, wer ebbes von dem Verbreche woiß, muaß mr's sage. I bitt eich drom aus Gnad ond Barmherzigkeit. Hot er sich onter eich verschteckt? Älle glotzet me a ond lachet. Ihr schtecket doch älle onter oiner Decke. Schnell, d'Polizei, d'Olga-Dragoner, d'Richter ond de Henker, d'Eisern Jongfrau, Daumeschrauba, Handschella, älle uffs Schafott, Kopf ab, dr Nesebach muaß rot sei von Bluat ond dr Necker drzua. Oder noi, liaber no an Galge, uffghenkt, älle ghöret se uffghenkt, wo mir nix verrotet. Ond wenn i mei Geld nemme kriag, wisset ehr, was i no mach? No geb e's eich Lompapack. No henk e me selber uff, grad mit Fleiß ond eich zom Posse!

Fünfter Aufzug

Heiner, Gottlieb (mit der Kassette unterm Arm)

HEINER: Jetzt sag mr bloß, Gottliab, wia hoscht jetzt dees fertigbrocht ond em Vatter d'Schatull weggnomme? Ond worom hoscht des eigentlich toa?

GOTTLIEB: I ond 's Rickele, mir dianet jetzt scho iber zwanzig Johr en dem Haus. Aber bloß Ehne ond Ihrem Schweschterle z'liab. D'Habgier ond dr Jäscht von Ihrem Vatter hättet ons scho lang aus em Haus triebe. Der Geizkrage scheißt doch uff en Schneeballe ond frißt ehn gege de Durscht. Dem Entaklemmer han e oifach en Denkzettel gebe welle.

HEINER: An dem isch doch Hopfe ond Malz verlore. Den änderscht au du nemme. Do hilft älles Bete nix.

GOTTLIEB: Wenn's au nix hilft, no han e doch mei Gaude dra. Drzuana han e denkt: Om Geld gibt doch Ihr Vatter älles her. Do verkauft der sogar sei Braut. Ond drom geb i Ehne jetzt des Käßle, ond Sia gebet's em Vatter em richtige Moment retour ond kriaget drfir Ihr Marianne.

Gottlieb gibt Heiner die Schatulle.

HEINER: I woiß gar net, wia i dir des lohne soll. Bischt doch a guater Kerle, Gottliab.

GOTTLIEB: Noi, noi, so guat au wieder net. Schliaßlich tät e au no zua gern em Herr Eiges, dem Duckmäuser, d'Supp no a bißle versalze.

HEINER: Aber des woischt doch, der flattiert em Vatter bloß, weil er ebbes von ehm will. Ond was er will, woischt au: d'Liesel. Dodrfir isch ehm koi Mittel z'schlecht.

GOTTLIEB: Oineweg – i mog den Denger net. Drom miasset Se mr vergönne, daß e ehm ois auswisch. Des isch mr Loh gnuag.

Gottlieb und Heiner ab. Knaup und Kommissar Epple treten auf.

KOMMISSAR: Lasset Se me no mache, Herr

Knaup. I kenn me aus en meim Gschäft. 's isch net 's erschte Mol, daß d'Auskunftei Epple en Diabschtahl rauskriagt. Wenn i fir jeden Schpitzbuabe, wo i henter Schloß ond Riegel brocht han, en Sack voll Dukate kriagt hätt, no könnt i mi glatt en Ruheschtand setze.

KNAUP: D'Polizei derf nix anders toa als wia dia Sach kläre. Ond wenn i mei Geld net retourkriag, no breng e 's Gricht vors Gricht.

KOMMISSAR: Mir werdet scho nix versäume. Wieviel isch en dera Schatull gwese?

KNAUP: Zeahtausend Taler.

KOMMISSAR: Je meh mer hot, om so meh isch he.

KNAUP: So ebbes ka mer net schtreng gnuag schtrofe. Wenn mer so ebbes net schtrofe tät, no wär jo onser Heiland nemme sicher, daß se ehm de Opferschtock onter de Fiaß wegschtehlet.

KOMMISSAR: Isch's wirttebergischs oder deutschs Geld gwese?

KNAUP: Guate alte wirttebergische Gulda ond blitzblanke deutsche Zwanzigmarkschtickla.

KOMMISSAR: Ond uff wen hent Se en Verdacht?

KNAUP: Uff älle. I verlang, daß ganz Schtuagert verhaftet wird. Ond Cannschtatt ond Degerloch drzua. Ond vor älle andere d'Gablaberger, dia geborene Schpitzbuaba.

KOMMISSAR: Wer ebbes Guats am falsche Platz tuat, tuat nix Guats. Mir machet tapfer, aber teant schtät.

KNAUP: A schneller Gulde isch mr liaber wia a schtäter Taler.

Gottlieb tritt auf.

GOTTLIEB: *Unter der Tür zu Rickele* I komm glei wieder. Schtich ehn glei ab, no röschtescht ehm d'Fiaß, schmeischt ehn en kochends Wasser, ond schliaßlich hängscht ehn uff.

KNAUP: *Zu Gottlieb* Wen? Den Kerle, wo mei Geld gschtohle hot?

GOTTLIEB: I moin des Säule, wo Ihr Verwalter gschickt hot. 's Rickele backt's em Ofe.

KNAUP: Ond wer zahlt's?

GOTTLIEB: 's isch a Konde-Gratifikatio von dr Firma Schaller.

KNAUP: Aber do isch jetzt von nix Schweinerm d'Red. Der Herr do hot de ebbes z'froge.

KOMMISSAR: *Zu Gottlieb* Sia brauchet koi Angscht han. Mir schwätzet ganz ruhig mitenander.

GOTTLIEB: Ah, der Herr ißt mit ons z'Nacht?

KNAUP: Au dees no!

KOMMISSAR: Se dirfet jetzt vor Ihrem Herre nix onterschlage.

GOTTLIEB: Gwiß net. Was kocht wird, kommt au uff de Tisch.

KNAUP: Leck me doch am Arsch mit deim Fresse!

GOTTLIEB: Ond wenn Ehne des net serviert wird, was i ond 's Rickele gern möchtet, no isch dr Herr Verwalter dra schuld. Der hot sei p'häbe Schublad no meh zuagmacht.

KNAUP: Du Bachel! Mir schwätzet net vom Nachtesse, sondern von dem Geld, wo mer mir gschtohle hot.

GOTTLIEB: Was, Ehne hot mer Geld gschtohle? Ja, wo gibt's denn so ebbes!

KNAUP: Do em Haus, du scheiheiliger Blitz! Ond wenn mr's net oms Nomgucke zrickgibscht, breng e de uffs Schafott.

KOMMISSAR: Worom sent Se denn zua dem Ma so wiascht? Gucket Se doch bloß dem sei Gsicht a! Mit so-ma Gsicht ka mer doch nix anders sei wia ehrlich. Au ohne daß Se ehm Angscht machet, sächt der Ehne, was Se wisse wellet. Jo, guater Ma, wenn Se älles zuagebet, gschieht Ehne nix, ond Se kriaget von Ihrem Herre drzuana no a Belohnong. Mer hot ehm heit sei Geld gschtohle. Vielleicht wisset Sia ebbes drvo.

GOTTLIEB: *Leise beiseite* So, jetzt kommt dia Schtond, wo i scho lang druff gwartet han.

KNAUP: Was babbelscht do vor de na?

KOMMISSAR: *Zu Knaup* Lasset Se doch den Ma, der maikäferet scho. Er macht Aschtalta, wia wenn er glei schwätze wellt. I han Ehne doch glei gsagt, daß des a rechter Ma isch.

GOTTLIEB: Also, wenn e ganz ehrlich sei derf: I glaub, dr Herr Verwalter hot's gschtohle.

KNAUP: Dr Herr Eiges?

GOTTLIEB: Jo, der.

KNAUP: Von dem i so viel ghalte han?

GOTTLIEB: Seller isch's. I glaub, der hot's gnomme.

KNAUP: Ond worom glaubscht du dees?

GOTTLIEB: I glaub's, weil Glaube halt selig macht.

KNAUP: Ond schterbe schterrich.

KOMMISSAR: Habet Se Indizie?

GOTTLIEB: Noi. I ben kerngsond.

KNAUP: Hoscht en romschleiche sehe, wo i mei Geld verschteckt han?

GOTTLIEB: So isch's! Wo hent Se's denn verschteckt ghet?

KNAUP: Em Garte.

GOTTLIEB: Grad do. I han ehn em Garte romschleiche sehe. Ond en was hent Se Ihr Geld dren ghet?

KNAUP: En era Schatull.

GOTTLIEB: Do hent mer's. I han ehn mit era Schatull gsehe.

KNAUP: Ond wia hot dia Schatull ausgsehe? Komm, schwätz, no wisset mer glei, ob's mei Schatull gwese isch.

GOTTLIEB: Wia so a Schatull halt aussieht.

KOMMISSAR: Isch se groß oder kloi gwese?

GOTTLIEB: Zemlich groß.

KNAUP: Dia Schatull, wo mer mir gschtohle hot, isch kloi.

GOTTLIEB: Ho jo, wenn mer se bloß von auße sieht, no isch se relativ kloi. Aber wenn mer woiß, was dren isch, no isch se relativ groß.

KOMMISSAR: Was fir a Farb hot se ghet?

GOTTLIEB: Zemlich monkelesbraun.

KNAUP: Monkelesbraun! No isch älles klar. 's isch mei Schatull gwese. Nehmet Se's z'Protokoll, Herr Kommissar. Hemmel, wem soll mer no traue! I trau net amol em Teifel meh. Trau koim, no bscheißt de koiner. I trau mr selber nemme. I glaub bald, i könnt mr selber ebbes schtehle.

GOTTLIEB: *Zu Knaup* Do kommt er, Herr Knaup. Saget Se ehm aber net, daß Se des älles von mir wisset.

Gottlieb ab. Eugen tritt auf.

KNAUP: Jetzt kommet Se amol her ond gschtandet Se, was Se bosget hent. Des isch jo a Verbreche, schlemmer wia dr Kendermord von Bethlehem.

EUGEN: I verschtand Se net, Herr Knaup.

KNAUP: Was? Bei dem Schlawiner isch au no d'Scham verreckt!

EUGEN: Von was fir ema Verbreche schwätzet Se denn?

KNAUP: Von was fir ema Verbreche i schwätz? Saukerle, wia wenn Sia des net wißtet. Laigne hot koin Zweck. Dia Sach isch ganz klar. I woiß älles. Wia hent Sia mi bloß so bscheiße könne! Eigschliche hent Se sich bei mir ond hent mr älles weggnomme.

EUGEN: Wenn Se scho älles wisset, Herr Knaup, no will i ganz ehrlich sei ond älles gschtande. I han's Ehne scho lang sage welle, aber i han oifach d'Courage net ghet. Aber jetzt, wo Se älles wisset, bitt i Se: Werdet Se net glei narret. Höret Se zua, worom i des gmacht han.

KNAUP: Ond worom hent Sia des gmacht, Sia agschlane Schtehlratz?

EUGEN: Also, so ebbes dirfet Se net zu mr sage. Wenn Se mr zuaghört hent, no miasset Se a Eisehe han, daß des, was i gnomme han, gar net so schlemm isch.

KNAUP: Gar net so schlemm? Mei Bluat, mei Herzbluat, du Zigeiner!

EUGEN: Ihr Bluat isch an koin schlechte Kerle

grote. I ben au koi Heckebeerlesschlamper. Was passiert isch, ka i repariere.

KNAUP: Repariere! Saudomms Gschwätz. I will zrick han, was mr gschtohle worde isch.

EUGEN: Ihr Ehr soll en Ehre ghalte werde.

KNAUP: Lecket Se me doch am Arsch mit meiner Ehr! I will wisse, was drhenterschteckt!

EUGEN: Dr Herrgott! Der isch verantwortlich fir älles, was i toa han aus Liab, aus purer Liab.

KNAUP: Heiligs Kanonarohr! Des isch mr a scheene Liab, d'Liab zu meine Goldschtickla.

EUGEN: A wa, Ihr Geld ka mr gschtohle bleibe.

KNAUP: Gschtohle bleibe! Do hört sich doch älles uff.

EUGEN: I han's nia uff Ihre Schätz abgsehe. Aber lasset Se mr den oine, wo i han.

KNAUP: Ausgschlosse! So a Overschämtheit. Jetzt will der au no bhalte, was er mr gschtohle hot.

EUGEN: Des hoißet Sia gschtohle?

KNAUP: Was denn sonscht? En sottiche Schatz.

EUGEN: *In gespreiztem Honoratiorenschwäbisch* Ja, es ischt ein Schatz, es ist der greeschte, den Sie besitzen. Aber Sie verlieret ehn net, wenn Se ehn mir lasset. Uff de Knia fleh i Sia a: Gebet Se mr den Schatz, Sia miasset mr ehn gebe. Ich lasse ehn nicht, Sia segnet ons denn.

KNAUP: Des fallt mr net em Schlof ei. Schwätzet Se doch net so gschwolle drher.

EUGEN: Mir hent ons gschwore, ons ewig trei z'bleibe ond ons nia alloi z'lasse.

KNAUP: Do werd i eich scho dra hendere.

EUGEN: Nur der Tod kann uns scheiden.

KNAUP: Der Hurasiach isch doch wia dr Teifel henter meim Geld her.

EUGEN: I han Ihne doch scho gsagt, daß mir Ihr Geld gar nix wert isch. Ebbes Höhers hot mi drzua brocht.

KNAUP: Jetzt will der mei Geld au no aus lauter chrischtlicher Nächschtaliab gnomme han. Aber Ehne treib e's aus. 's Gricht wird drfir sorge, daß i mei Sach wieder kriag, Erdafetz!

EUGEN: I nehm älles uff mi. Aber ois miasset Se mr glaube: Wenn ebber ebbes bosget hot, no ben i's alloi. Lasset Se's Ihr Töchterle net vergelte.

KNAUP: Des wär jo no scheener, wenn mei Jonge bei dem Verbreche d'Fenger dren hätt. Aber zerscht will i jetzt mei Sach wieder han, ond i will wisse, wona's verschleppt isch.

EUGEN: I han nix verschleppt. 's isch doch no em Haus.

KNAUP: *Beiseite* Mei Schatull, mei liabe Schatull. *Zu Eugen* Aber Sia hent doch hoffentlich net naglangt.

Eugen: I an se naglangt? Do teant Se ons boide aber arg orecht. Dozua isch se mr viel z'heilig.

Knaup: *Beiseite* Mei Schatull z'heilig!

Eugen: Wenn e se bloß aguck, no ben e scho zfriede. Ihre scheene Auga duldet koine wiaschte Gedanka.

Knaup: *Beiseite* Dia scheene Auga von meiner Schatull. Der schwätzt jo wia a Kerle von seim Menschle.

Eugen: Jo, sogar 's Rickele woiß, wia guat i's mit Ihrem Liesele moin.

Knaup: Vor lauter Angscht vor em Gricht isch der Kerle nibergschnappt. Was schwätzt denn der emmer von meiner Elis?

Eugen: Se isch jo so scheniert ond hot me oms Verrecke net nalasse welle.

Knaup: Wer isch scheniert?

Eugen: Ihr Liesele. Erscht geschtern hot se sich mir verschproche.

Knaup: Mei Elis hot sich Ehne verschproche?

Eugen: Jo, ond i me ihr.

Gottlieb kommt dazu.

Knaup: Oi Oglick kommt selte alloi.

Gottlieb: *Zum Kommissar* Schreibet Se, schreibet Se.

Knaup: Des wird jo emmer scheener. 's Oglick ond d'Hoor wachset von selber noch. I könnt schier verzwazzle. *Zum Kommissar* Teant Se endlich, was Ihres Amtes isch. Machet Se dem Raiber ond Mädlesfitzeler de Prozeß.

Gottlieb: Dem Raiber ond Mädlesfitzeler!

Eugen: Solche Ausdrick han i fei net verdeant. Ond wenn mer erscht amol woiß, wer i be!

Elise tritt auf.

Knaup: *Zu Elise* Oh, du ronterkommene Bettwanz! Dr Äpfel fallt net weit vom Schtamm. So also hörscht du uff meine guate Lehra, pussierscht mit ema Raiber ond gibscht ehm dei Wort, ohne mi z'froge. Aber ihr hent eich boide tische. Du wirscht schtantepede katholisch ond gohscht ens Kloschter. *Zu Eugen* Ond Sia breng i fir Ihr Lebtag henter Schloß ond Riegel.

Eugen: Ihr Wuat em Ranze isch net mei Richter! Ond vor em Urteil derf i au no ebbes sage.

Knaup: Noi, net henter Schloß ond Riegel. So oiner wia der ghört uffghenkt.

Elise: *Fällt vor Knaup auf die Knie.* Ach, liabs Vatterle, laß de doch net vom Zornteifel verfihre ond denk, was du toa willscht. Guck dr doch den Mensche a, wo de so narret druff bischt: 's isch koi sotticher, wia du moinscht. No wirscht au begreife, worom i a bißle schwach worde be. Ohne den tät i scho lang nemme lebe. Jo, Vatter, er hot mr 's Lebe grettet. Wo d'Muatter en Philadelphia nix z'nage ond nix z'beiße ghet hot ond en ihrer Not de Heiner ond mi zu dir gschickt hot mit sellem Poschtdampfer, wo ontergange isch, ond i han net schwemme könne, do hot der als jonger Ma mi klois Mädle aus dem Rachen des wütenden Ozeans grisse. Dem alloi verdankscht du 's Lebe von deim Töchterle.

KNAUP: 's wär besser gwese, er hätt di versaufe lasse ond mir verschpart, was er mir atoa hot.

ELISE: I beschwör de bei deiner väterliche Liab!

KNAUP: Noi, noi, i will nix höre. Fir mi gibt's jetzt bloß no ois: Die Gerechtigkeit soll ihres Amtes walten.

GOTTLIEB: Jetzt muaß dr Herr Eiges teuer zahle!

Hurlebaus, Karline und Marianne treten auf.

HURLEBAUS: What's the matter, Mischter Knaup? Worom sent Se denn so aus em Häusle?

KNAUP: Ach, Herr Hurlebaus, i be dr verzweifeltschte Ma em ganze Ländle. Sia kommet ond wellet sich mit meim Töchterle verlobe, ond bei ons goht's dronter ond driber. Mir hot mer mei Sach ond mei Ehr gschtohle. A Schpitzbua, a Galgevogel hot's Allerheiligschte gschändet. Als Ghilf hot er sich bei mir eigschliche. Bloß weil er mei Sach hot wegnehme ond mei Tochter hot schände welle. Ond i han so oin wia den zom Verwalter gmacht.

EUGEN: Wer denkt denn an Ihr Sach? Schwätzet Se doch koin Hafekäs.

KNAUP: Se hent sich enander verschproche. Des isch a Beleidigong fir Sia, Herr Hurlebaus. Sia miasset prozessiere. So a Frechheit ka gar net gnuag gschtroft werde.

HURLEBAUS: D'Liab ond 's Senge ka mer net verzwenge. I don't wish se z'heirate, wenn she is loving an andere. Aber i will vertrete your interests, als wäret's my own.

KNAUP: Dr Herr Hurlebaus isch doch a ehrliche Haut, wo älles tuat, was z'mache isch. *Zum Kommissar, wobei er auf Eugen zeigt* Jetzt verzählet Se dem Ma amol älles ganz exakt ond decket Se de ganz Sauerei uff.

EUGEN: Des kapier i jo net, worom Sia mi en Schpitzbuabe hoißet, weil i Ihr Töchterle mog. Ond i verschtand au net, worom Sia moinet, i könnt gschtroft werde, weil mir ons verlobt hent. Aber gebet Se no Obacht, bis älle wisset, wer i ben.

KNAUP: Jetzt haltet Se aber amol Ihr vorlaute Gosch. Seit em siebziger Kriag isch 's Ländle voll von herglaufene Schlawiner, wo d'Händ en onsere Tasche hent ond wo drvo profitieret, daß koiner woiß, wo dia reigschmeckte Kerle herkommet.

EUGEN: Des han i net nötig, mir so ebbes sage z'lasse, wo doch ganz Chicago woiß, wer i ben.

HURLEBAUS: Take care, was Se saget! You risk more, wia Sia glaubet. Nebe Ehne is standing one, wo Chicago kennt wia sei Hosetasch ond dem 's net schwerfallt, to see the difference from a fette Luag ond dr Wohret.

EUGEN: *Setzt sich stolz in Positur.* I fircht me net. Wenn Sia Chicago kennet, wisset Se au, wer dr Otto Schlichthärle gwese isch.

HURLEBAUS: Naturally woiß i des. 's gibt kaum ebber, who has known him better weder denn daß i.

KNAUP: Ihr könnet mr mit eirem Schlichthärle de Buckel nonterrutsche.

HURLEBAUS: De Buckel nonterrutsche mit em Otto Schlichthärle! Em Ochsakeenig von Chicago!

EUGEN: Sia kennet ehn au?

HURLEBAUS: The president of the Cannschtatter Volksfeschtverei?

EUGEN: Dem verdank i mei Lebe.

HURLEBAUS: Dem?

EUGEN: Sellem!

HURLEBAUS: Denket Se sich bloß another story aus, mit dera kommet Se net weit. And don't believe, Se könntet mit ema solche Bschiß de Hals aus dr Schleng ziage.

EUGEN: Passet Se bloß Obacht mit dem Ausdruck Bschiß. Des ka mer amtlich nochweise.

HURLEBAUS: Sia behauptet also, to be the son of Mister Otto Schlichthärle?

EUGEN: Jo, do bleib i drbei. Ond i sag's jedem frei ens Gsicht nei.

HURLEBAUS: Jetzt schlag me doch glei 's Blechle! I tell you, ond jetzt schämet Se sich d'Blätz ab: Dr Otto Schlichthärle hot en dr achtevierziger Revolutio als uffrechter Demokrat aus Heslach fliehe miasse, isch ausgwandert noch Amerika, and he is en Chicago a reicher Ma worde. Er hot gheiratet a Mädle aus Ellwange, wo en Chicago em Schwobabräu d'Teller gschpialt hot. He has got a son ond a Töchterle. Vor sechzeah Johr hot er dia drei for a visit en d'old Hoimet gschickt. Der Poschtdampfer isch ontergange, and all three sent versoffe.

Hurlebaus holt ein Taschentuch heraus, wischt sich die Augen und schneuzt sich.

EUGEN: Jetzt möcht i Ehne aber au ebbes sage: Sei Bua, Eugen ghoiße, isch von ema Schlossermeischter aus Pfullenge grettet worde, ond 's isch koi anderer wia dr Eugen Schlichthärle, mit dem Sia grad schwätzet. Dr Paul Pfuderer hot me mit hoimgnomme, wia sein oigene Bua uffzoge, uff d'Realschual gschickt ond en a Kaufmannslehr gebe. Erscht vor a paar Monat han i erfahre, daß mei Vatter no lebt ond net tot isch, wia i emmer gmoint han. En Schtuagert han e uff de Ämter nochgforscht, ond do han e 's Liesele wiedergsehe. I ben ganz aweg gwese, wia des Mädle sich rausgmacht hot. Ond weil i se so saumäßig möge han ond weil ihr Vatter so gottsallmächtig schtreng isch, han i me als Ghilf bei ehm verdengt ond ben bald Verwalter worde.

HURLEBAUS: Hent Sia Zeuge, that your words are true?

EUGEN: Oimol dr Schlossermeischter Pfuderer aus Pfullenge, no dia Taschauhr, wo mir mei Vatter gschenkt hot, ond schliaßlich a Kettele, wo mir mei Muatter om de Arm gschlonge hot. Do isch's.

MARIANNE: I kann au bezeuge, daß er net liagt.

Noch dem, was Sia saget, send Sia mei Bruader.

EUGEN: Was – Sia mei Schweschterle?

MARIANNE: Ha jo. Mir hot 's Herz net schlecht bobbert, wo Sia 's Maul ufftoa hent. Mei Muatter hot mr meh wia oimol von onserem Oglick verzählt. Au ons hot dr Herrgott net versaufe lasse, wo des Schiff ontergange isch. Aber ons isch's net so guat gange wia Ehne. Mit sent onter d'Raiber em große Vatterland gfalle. Vom Vatter hent mer nix meh ghört. Femf Johr hot mei Muatter gwuahlt, bis se 's Fahrgeld noch Chicago retour zammekratzt hot. Aber do isch onser Haus verkauft gwese ond em Vatter sei Schlachthaus ond sei Ranch. Ond was aus ehm worde isch, hot ons neamerd sage könne. No sent mer halt noch Weigarte zoge, wo mei Muatter a paar Schtickla ond Giatla gerbt hot. Aber Se wisset jo, wia d'Gschwischterkender em Oberland sent. Dia hent dia Schtickla ond Giatla an d'Maschenafabrik Weigarte verkauft, wo druff baut hot, ond d'Verwandtschaft hot nix hergebe. No sent mer halt en dr Not noch Schtuagert zoge, wo d'Muatter seither kränkelet. Wenn's net de Verei zur Onterschtitzong älterer Honoratioratöchter gäb, no wäret mir scho lang verhongert.

HURLEBAUS: O du liabs Herrgöttle von Biberach, what a sign von deiner Allmacht. What a miracle! Kommet en meine Ärm, meine Kender, and fraiet eich so saumäßig, as your father is happy.

EUGEN: Sia sent onser Babbe?

MARIANNE: Wege Ehne hot mei Muatter so viel gflennt?

HURLEBAUS: Jo, my dear daughter. I be dr Otto Schlichthärle. As I heard, daß Ihr älle versoffe seiet, han i's nemme en Chicago ausghalte. I have all verkauft, mei ganz Sach, and I returned ens Schwobaland, and I have en Reichebach a Baumwollschpinnerei, wo guat goht. And while I have had onter dem Name Schlichthärle nix wia Oglick, han i me Hurlebaus ghoiße.

KNAUP: *Zu Hurlebaus* Isch des Ihr Bua?

HURLEBAUS: Yes, er isch's. Ond mei guats wife is still alive. Se wird jo au nemme de Jengscht sei. Aus jedem Kälble wird halt amol a alte Kuah. Aber trotzdem frai i mi uff d'Missis Schlichthärle, 's isch net zom Sage.

KNAUP: No verlang i aber zerscht von Ehne, daß Se mir uff dr Schtell dia zeahtausend Taler zrickzahlet, wo er mr gschtohle hot.

Heiner tritt auf.

HURLEBAUS: Mei Jonger häb Ehne ebbes gschtohle?

KNAUP: Des hot er.

EUGEN: Wer hot Ehne des gsagt?

KNAUP: Dr Gottliab.

EUGEN: *Zu Gottlieb* Jetzt sag amol...

GOTTLIEB: Höret Sia net, daß i koi Wort sag? Ond denke wird mer doch no dirfe.

HEINER: Wege'm Denke ka mer oin net henke, aber firs Sage 's Maul verschlage.

KNAUP: Dr Kommissar hot älles protokolliert, was er gsagt hot.

EUGEN: Ond Sia moinet, i sei so a hondsliadricher Fetz?

KNAUP: Fetz oder net, i will mei Geld wieder han.

HEINER: Jetzt schend de net ab, Vatter, ond breng koin Orechte en Verdacht. Dr Gottliab, der gwiefte Schlawiner, hot nämlich den Raiber verdwischt ond ehm des Käßle wieder abgnomme, ond i ben glei hergsaut, weil i dr sage will, daß du dei Geld wieder kriagscht. Aber bloß, wenn du mi d'Marianne heirate läscht.

KNAUP: Wo isch mei Geld?

HEINER: No net hudle. 's isch guat uffghobe. Des garantier i dir. Aber i ka di jetzt mit Fleiß schee zapple lasse. Also, entweder läscht me d'Marianne heirate, oder du hoscht dei Schatull gsehe.

KNAUP: Mei Schatull, mei liabe Schatull! Isch au no älles dren?

HEINER: Dees will e moine. Aber jetzt sag schnell, ob du mi d'Marianne heirate läscht. Ihrer Muatter isch's egal, wen von ons zwoi se nemmt.

MARIANNE: *Zu Heiner* Jo, aber du woischt no net, daß's net langt, wenn sia jo sächt. Dr Herrgott hot mr grad ebe mein Bruader wiedergebe, do schtoht er, ond drzua au no mein Babbe. Den muascht froge, ob er me dir gibt.

HURLEBAUS: The heaven, liabe Kender, hot me eich net wiedergebe, to resist your wishes. Sia, Mischter Knaup, werdet verschtande, daß a young girl liaber a neis Häusle wia an alte Scheuer han möcht. Also lasset mer älles zuadeckt, vertraget mer ons älle, and please, saget Se jo zur Doppelhochzich.

KNAUP: Erscht wenn i mei Schatull wieder han. Do ben e oige.

HEINER: Dera isch nix passiert. Dia siehscht du gsond wieder.

KNAUP: Aber i ka meine Kender nix mitgebe. I gäbt ehne jo gern ebbes, 's isch mr bloß oms Geld.

HURLEBAUS: Des isch net schlemm. I have enough fir boide.

HEINER: Fir en arme Vatter ka mer nix, aber fir en arme Schwiagervatter.

Heiner ab.

KNAUP: Tätet Sia au no als mei Gegeschwiager dia Doppelhochzich zahle?

HURLEBAUS: Des isch fir mi net dr Red wert. Are you satisfied?

KNAUP: Jo, wenn Sia a Hochzich em „Keenig von Wirtteberg" richtet. Mit era Floischbriah ond Leberschpätzla ond Buabaschpitzla mit greanem Salat ond eme scheene Kalbsbrote em-a Rahmsößle, Kartoffelsalat ond Schpätzla. Ond zom Nochtisch no frische Preschtleng mit Schlagrahm. Von mir aus au en Rehschlegel. Ond i selber brücht no en neue Gehrock.

HURLEBAUS: Ond a Wescht mit Silberknöpf. Älles uff mei Rechnong. Jetzt wellet mer aber this day of rejoicing feiere.

KOMMISSAR: Oin Moment, meine Herra. Ond wer zahlt mei Schreiberei?

KNAUP: Dia hot doch koin Wert meh.

KOMMISSAR: Jo, aber omsonscht isch bloß dr Tod, ond der koscht 's Lebe.

KNAUP: *Zeigt auf Gottlieb.* Nehmet Se schtatt Geld den Kerle mit ond fresset Se ehn em Kraut.

GOTTLIEB: O Heimatland, was soll i denn toa? Sag e d'Wohret, kriag e de Ranze voll, sag e a Luag, soll e em Kraut gfresse werde.

HURLEBAUS: Mischter Knaup, verzeihet Se seine Luagena.

KNAUP: Zahlet Sia no sellen Kommissar?

HURLEBAUS: Okayle. Jetzet aber zu onserer Honey-Mamme, daß se sich mit ons frait.

Heiner kommt zurück und übergibt seinem Vater die Schatulle. Dieser zählt gierig und drückt sie dann ans Herz.

KNAUP: Sodele. Schtemmt uff Kreizer ond Pfennig. Ond jetzt heiratet halt kreiz ond quer ond iberzwerch. Scheene Mädla gebet wiaschte Weiber, aber Sach bleibt Sach. Drom ben i glicklich mit meiner Schatull. O mei Schatz, mei liaber Schatz, mei siaßer Schatz, mei goldiger Schatz! Jetzet isch älles guat, wenn i di wieder han. Ond nix uff dr Welt soll ons zwoi meh ausenanderbrenge.

Schwäbisches

Die Schwaben und ihr Gesang

... für alle, die gern singen

Die Schwaben und ihr Häusle

... für Hausbesitzer und solche,
die es werden wollen

Die Schwaben und ihr Herrgott

... für Gläubige und Ungläubige

Die Schwaben und ihre Liebe

... für alle, die sich mögen

Herausgegeben von Ulrich Gohl.
Jeder Band mit Geschichten, Gedichten und 22
Farbfotos, je 48 Seiten, fest gebunden